ARAMINTA MAY

Du même auteur

Le Joyau de la reine, José Corti, 1996
Le Palais, José Corti, 2001
Sara ou l'émancipation, Cambourakis, 2020

Du même éditeur

Dans la collection Pépites
Éric de Haulleville, *Le Voyage aux îles Galapagos*, 2021

Titre original
Araminta May

Traduit de C. J. L. Almqvist, *Samalde verk*, vol. 8,
Svenska Vitterhetssamfundet, Stockholm, 1996

ISBN : 978-2-49-11471-4-3

ARAMINTA MAY

OU

UNE VISITE AU PRESBYTÈRE DE GRÖNHAMN

Carl Jonas Love Almqvist

Traduit du suédois et introduit par Elena Balzamo

MARIE BARBIER
pépites

Préface

Tout se fera comme par jeu, sans cependant rien perdre de sa gravité.
C.J.L. Almqvist

Pendant la première moitié du XIXe siècle, Carl Jonas Love Almqvist (1793-1866) domine le paysage littéraire de son pays, la Suède, comme August Strindberg le dominera pendant la seconde. Auteur prolifique, poète, dramaturge, romancier, essayiste, mais également auteur de manuels scolaires, il laisse une œuvre abondante et en partie inclassable. Tour à tour rousseauiste, mystique d'obédience swedenborgienne, admirateur des philosophes romantiques allemands, lisant dans le texte Hugo et Balzac, cet esprit protéiforme est également l'un des premiers écrivains de métier dans son pays, obligé de vivre de sa plume, ce qui explique aussi bien l'abondance de ses écrits que leur niveau parfois inégal.

À l'instar des grands romantiques, il rêve d'un *Gesamtkunstwerk*, une « œuvre totale » qui refléterait la Création dans toute sa diversité. Dès 1833, il s'attelle à l'édition de ses « œuvres complètes » (qu'en pratique il complète au fur et à mesure), sous le titre d'ensemble *Le Livre de l'églantine*. Cette édition sera interrompue, puis suivie d'une autre, restée également inachevée, car les circonstances de sa vie obligent l'auteur à quitter son pays en 1851.

Dans cet ensemble foisonnant, on trouve des grandes fresques romanesques comme *Amorina*, des contes comme *Le Palais*[1], des traités tels que *La Saga de l'humanité*, des drames lyriques, des romans de cape et d'épée. On y trouve également deux incontestables chefs-d'œuvre : *Le Joyau de la reine*[2] (1834) et le court roman *Sara ou de l'émancipation*[3] (1838 – le titre original, *Det går an*, est une formule de consentement proche de « ça va » ou « ça ira »). Ces deux textes sont très différents : l'un est une ample fresque historique d'un romantisme flamboyant, un « tableau peint sur le vif », l'autre, un récit intimiste, précurseur du réalisme à venir. Ils ont cependant un point commun : le questionnement sur le genre et la répartition des rôles homme-femme. Dans *Le Joyau de la reine*, c'est le célèbre personnage de l'androgyne Tintomara, ambigu à souhait, qui se trouve au centre de l'intrigue. Dans *Sara*, souvent qualifiée de première œuvre féministe de la littérature suédoise, il est question des fondements de la vie de couple,

---

1. Carl Jonas Love Almqvist, *Le Palais*, suivi de *Pourquoi voyager ?*, traduction d'Elena Balzamo, José Corti, 2001.
2. C. J. L. Almqvist, *Le Joyau de la reine*, traduction d'Elena Balzamo, José Corti, 1996.
3. C. J. L. Almqvist, *Sara ou de l'émancipation*, traduction collective sous la direction d'Elena Balzamo, Cambourakis, 2020.

économiques, sociaux et affectifs ; c'est un hymne à l'union libre qui a fait scandale à l'époque.

Aux côtés de ces monuments littéraires, le bref roman épistolaire *Araminta May* (1838), qui fait partie du volume VIII des œuvres complètes, peut paraître une bagatelle. Un gracieux marivaudage, agencé avec virtuosité, un tableau quasi ethnographique des mœurs dans la Suède de la première moitié du XIXe siècle. Cela est vrai, mais réduire le livre à un brillant exercice de style serait méconnaître un thème plus sérieux et, comme nous venons de le voir, fondamental pour l'auteur : celui de l'interaction entre la nature de l'être humain et les conventions sociales qui l'enferment dans tel ou tel rôle et lui imposent un mode de comportement. Comme dans *Sara*, c'est un rousseauiste qui parle, en affirmant que les aptitudes naturelles comptent davantage que le déterminisme social, c'est un critique radical qui met en question la répartition traditionnelle des rôles.

Almqvist n'a rien d'un féministe dans l'acception moderne du terme, mais la galerie de personnages féminins qu'il a créée, dont « Araminta May » fait partie, fait de lui une figure tutélaire d'un mouvement qu'il ne lui a pas été donné de connaître.

Chartres, octobre 2020.

Première lettre

Je t'écris, ma bonne Henriette, alors que rien ne m'y presse : j'attends simplement qu'on attelle les chevaux. En quittant la pièce, mon compagnon de voyage a laissé tomber de son portefeuille une demi-feuille de papier à lettres, et j'ai envie de lui jouer un tour en couvrant sa feuille immaculée de gribouillis, mais de gribouillis précieux – du fait que j'écris à une jolie fille. Ne prends pas mon bavardage trop à cœur, Henriette ! Noël approche, et le bel hiver suédois est là. Quant à cette idée ridicule... Tu étais présente quand, au moment du départ, mon père m'encouragea à bien regarder autour de moi. « Mon cher enfant », me dit-il... Non, il me dit : « Mon cher Fabian, tu as vingt-trois ans ; amuse-toi bien chez monsieur l'archidiacre pendant les fêtes de Noël et du Nouvel An, mais n'oublie pas de regarder autour de toi, de faire attention aux jeunes habitantes de Grönhamn : ce serait bien de trouver parmi elles une épouse. Ton cœur n'est pas engagé ; alors, choisis avec soin et reviens à la maison avec un rapport qui réjouira ton père. Lorsque, comme c'est ton cas, on est assez riche et qu'on n'a pas besoin d'argent, on doit, en se choisissant une femme, veiller avant tout à ce qu'elle soit bien éduquée et que, ayant grandi à la campagne, elle jouisse d'une santé robuste. C'était bien le cas de ta propre mère – jamais tu ne trouveras mieux. Et pas de fille de Stockholm, Fabian ! Il n'en est pas question. »

Tu crois peut-être que ce conseil me fit rire ? Non, Henriette, loin de là ! Que le vieux ait plaisanté ou parlé sérieusement, moi, pour ma part, j'ai l'intention de profiter des festivités à Grönhamn pour faire une prospection – et qui sait quelle nouvelle j'apporterai en rentrant ? Voyons : un homme jeune, beau, âgé de vingt-trois ans et demi, fils d'un père riche, propriétaire d'un hôtel particulier à Skeppsholmen[1], lui-même futur négociant – que lui manquerait-il ? Je ne suis pas de ceux qui affirment qu'ils ne voient rien quand ils se regardent dans un miroir. Moi, je suis un « franc-parleur ». (Je sais par expérience combien ces propos t'agacent – ha ha !)

Du reste, Henriette, je te donnerais le même conseil que celui que j'ai reçu de mon père. Ne ris pas, mais suis-le, et tu m'en apprendras les résultats à mon retour à Stockholm. Tu es la fille du cousin de mon père, tu es donc ma parente ; cela s'appelle cousins au troisième degré ou cousins germains ou quelque chose de ce genre – on posera la question à monsieur R***, conseiller à la cour d'appel. Je m'intéresse à toi, tu habites chez mon père, tu as vingt et un ans, et tu devrais, à ton tour, regarder autour de toi. Ne te fâche pas, je ne veux que ton bien, ma bonne Henriette. Même orpheline, tu n'es pas à plaindre : mon père t'aime, grâce à lui tu as reçu une excellente éducation, la meilleure qui puisse être dispensée à Stockholm ; mais il peut arriver un jour – Dieu nous

---

1. Les demeures le long du quai de Skeppsholmen dans la vieille ville appartenaient à la bourgeoisie patricienne de Stockholm.

en préserve ! – où mon père t'adressera une parole inamicale. Comprends bien ma *franchise*[2] et cesse de me la reprocher constamment ! Tu vas passer les fêtes dans la société la plus brillante, la plus distinguée : le Jour de l'An à la Bourse, l'Épiphanie chez ***, le 13 janvier chez ***. Mais que je suis sot : tu n'as pas besoin de mes conseils pour regarder autour de toi. Cherche, choisis – mais ne perds pas trop de temps à choisir !

Ainsi, à mon retour à Stockholm, j'espère apprendre que tu es fiancée et, de mon côté, te donner le nom de mon élue. Choisis celui qui te plaît, en suivant tes goûts et tes inclinations, à condition seulement que ton choix se porte sur un individu présentable, que j'aie plaisir à avoir comme vis-à-vis dans une contredanse. Mais j'entends les chevaux hennir... Ton humble serviteur, Henriette ! Je m'incline devant cette feuille de papier ; et quand tu la liras, fais une révérence, toi aussi – de sorte que nous échangions un salut.

Fabian S***.

---

2. En français dans le texte.

Deuxième lettre (réponse)

J'ai l'honneur d'accuser, humblement et obligeamment, la réception de la lettre de Votre Grâce, monsieur mon cousin germain. Je m'engage à suivre vos conseils judicieux et bienveillants autant qu'il est en mon pouvoir de femme. Le Jour de l'An à la Bourse, l'Épiphanie chez ***, le 13 janvier chez ***, chez ***, chez ***...

Dis donc, Fabian ! Oser écrire une pareille lettre à une femme ! À ton amie d'enfance, la compagne de tes jeux, ta Jetty ! Pour l'encourager tout bonnement à se mettre à la recherche d'un... *homme* ! N'as-tu pas honte ?

Monsieur, c'est *moi* qui dois être l'objet de recherches. Et elles sont déjà en cours.

Henriette

P.S. Fabian, ta proposition est si extravagante que je l'accepte, mais à condition que tu me fasses un rapport épistolaire circonstancié sur chaque nouvelle jeune fille dont tu feras la connaissance là-bas, dans la paroisse de Grönhamn. Pour ma part, je m'engage à trouver celui qui me donnera de tendres noms ; tu le verras à ton retour – on fait un pari ?

Mais débarrassez-vous de ce défaut, mon cher monsieur, vous savez bien de quoi il s'agit. N'oubliez pas que, comme nous vous l'avons déjà dit, vous avez une certaine propension à admirer un peu trop souvent votre visage et votre cravate. Hé oui, la coquetterie est votre péché mignon, et c'est un trait qui ne sied guère à un homme, ne l'oubliez pas ! De la *franchise* ? Hmm... Débarrassez-vous-en dans votre Grönhamn et revenez ici comme un fils encore plus digne de votre digne père – en compagnie de la bru de ce dernier !

Troisième lettre

Henriette, me voici enfin bien installé, tout à fait à mon aise. Assis devant le bureau de mon hôte, monsieur l'archidiacre, je me concentre pour t'écrire. Je n'aurais pas été mieux à la maison, devant le pupitre où d'habitude je rédige les lettres d'affaires pour Liverpool.

Je m'aperçois avec effroi que la malencontreuse idée que j'ai eue en attendant le changement des chevaux, celle de noircir le papier à lettres de monsieur Zakrison, en en faisant une épître à ton adresse, risque d'avoir pour conséquence terrible toute une « correspondance » entre nous. – Compagne de jeux – petite folle – Jetty –, je connais bien tout cela, mais je sais également que, quand tu le veux, tu es capable de te comporter comme une jeune fille sage et raisonnable. Excuse-moi, j'ai un léger mal de tête depuis ce matin, de sorte que, si tu décèles dans cette épître un manque de bonne humeur ou de cohérence, tu sauras que la faute en est à la clé du poêle : les servantes l'avaient, par gentillesse, tirée trop tôt, craignant que ce pauvre Stockholmois douillet, ce jeune monsieur le Négociant, ne meure de froid dans sa chambre. Qu'il risque d'y mourir d'asphyxie, ces braves personnes n'y avaient pas songé.

Figure-toi, Henriette, tout compte fait, on est assez bien ici à Grönhamn. L'archidiacre Eneqvist, ami de jeunesse de mon père, est celui qui me plaît le plus, et je trouve excellente l'idée de troquer, pour une fois, les plaisirs de Noël de la capitale contre les fêtes campagnardes. C'est un individu de haute taille et qui se tient encore bien droit, dont les cheveux clairs ne seront jamais gris, puisqu'ils n'ont jamais été noirs. Dommage que personne de cette famille ne nous ait jamais rendu visite à Stockholm, afin que tu puisses les voir. Ah si, son assistant – et mon compagnon du voyage –, le vicaire monsieur Zakrison : celui-là, tu l'as vu ? Certes, ce n'est pas une lumière, mais il n'a rien de pédant, et durant le trajet il s'est montré enjoué, affable et passablement bien élevé ; la chambre d'amis où je loge avoisine la sienne, et je lui sais gré de fumer, par égard pour moi, moins de tabac que son organisme n'en réclame d'ordinaire. Qui sait, ce sera peut-être lui qui pourra me renseigner sur les habitants du coin. J'en connais déjà quelques-uns, et je vais te les présenter.

Commençons par Madame, l'épouse de mon hôte. Plus petite de taille que son mari…

Mais qu'est-ce que c'est ?!… Comment, on m'attend déjà devant la maison, tout le monde est prêt ? Les patineurs ! Je m'arrête ici, Henriette… Où sont mes patins ? L'archidiacre a deux filles qu'il faut accompagner jusqu'au lac, car les chemins sont glissants et leurs frères sont toujours si pressés qu'ils n'ont jamais le temps de s'occuper d'elles.

Ces patins me vont à merveille ! Et je constate que, ma foi, j'ai de fort jolis pieds. Ah, j'ai encore fauté par la coquetterie, mais ce n'est pas grave, puisque je suis le premier à le reconnaître. Une flèche à ton intention - si tu arrives à la comprendre ! Hmm… Non, je ne vais pas mettre les patins avant d'être sur la glace. Adieu…

Fabian

Quatrième lettre

Tu vas recevoir deux lettres en même temps, Henriette, et c'est fort bien ! Je n'ai toujours pas envoyé ma missive précédente qui s'achève d'une manière si abrupte. Mais aujourd'hui je n'ai guère envie de reprendre les descriptions qui y sont amorcées. Pas plus que je n'ai envie de parler de la partie de patinage, toute joyeuse et rafraîchissante qu'elle fût. Je suis un patineur assez habile, aptitude à laquelle les braves messieurs de Grönhamn ne semblaient guère s'être attendus, et si je n'ai tracé, avec mes patins, aucun nom sur la glace, ce n'était pas l'adresse qui me manquait – c'était le nom.

Mais laissons cela...

Ah, Henriette, je viens de vivre une expérience... comment dire ?... si singulière... Je vais te la raconter en quelques mots, du mieux que je puis, afin que tu en juges par toi-même. Tu penses aussitôt qu'il est question d'une fiancée. Ne sois pas si pressée, il ne s'agit pas de cela, pas en ce qui me concerne du moins.

Mais je viens de concevoir un respect, on peut même dire une crainte à l'égard de l'amour.

« De quoi s'agit-il donc ?! » me demanderas-tu. Je ne peux te raconter l'histoire entière, Henriette, parce que je n'en connais que des fragments, ceux que j'ai découverts moi-même.

Mon hôte, monsieur l'archidiacre, a deux filles, Hedda et Karin, jeunes toutes les deux et d'une virtuosité égale en patinage sur glace. Cependant, sur d'autres aspects, elles diffèrent. Hedda, qui a de grands yeux clairs et un teint pâle, a beaucoup d'esprit et sait mener une conversation. Mais durant les huit jours que j'ai passés ici, j'ai remarqué que, dès qu'un entretien – quel qu'en fût le sujet – prenait une tournure un tant soit peu intéressante, un tant soit peu engagée, elle se crispait et son charme se transformait sinon en son contraire, du moins en une sorte de sécheresse. Elle s'anime toujours pour ainsi dire à distance et jamais pour longtemps. Hmm... la vie ne doit pas être toujours très gaie dans cette maison.

Karin, au contraire, m'apparaissait comme un être enjoué, d'une gaîté folâtre, le teint rose et les joues rouges, vive jusqu'à l'étourderie, plus vive encore quand on avait appris à mieux la connaître. Voici deux personnes aux caractères opposés, me disais-je, chose, somme toute, assez fréquente. À Hedda, légèrement plus âgée et probablement chargée des tâches ménagères quand sa mère n'est pas là, l'habitude de recevoir les visiteurs a dû conférer cette amabilité qui se fait remarquer aussitôt, mais qui, lorsqu'on reste en sa compagnie plus de temps que ne dure une simple visite de politesse, se mue en une rigidité pénible.

Doté moi-même d'un caractère gai, n'ayant point connu de malheurs, je m'étais, pour cette raison, lié d'amitié avec Karin, en laissant la sœur en compagnie de sa propre dignité. Sur la glace, je patinais volontiers à côté de Karin ou bien je tournais autour d'elle en cercles rapides. Cela provoquait chez elle de longs éclats de rire. Au début, je m'y joignis. Mais nous, les habitants de la capitale, nous rions moins longtemps, et ces salves prolongées finirent par m'agacer. Lorsque nous regagnâmes le rivage, de grosses larmes brillaient dans ses yeux, témoignant de la force de son émotion. Sa sœur, en revanche, avait l'air presque effarouchée : peut-être était-elle, au fond d'elle-même, dépitée de voir le beau monsieur de Stockholm, grand et mince, lui prêter si peu d'attention. L'incident s'effaça aussitôt de ma mémoire : pendant le reste de la journée, la maison de l'archidiacre grouillait d'invités venus à l'occasion des fêtes, et le soir on dansa à la manière campagnarde jusqu'à l'épuisement. Sans mériter d'éloges pour son jeu, le violoniste faisait toutefois preuve de bonne volonté. Les filles de la maison ne se montraient pas beaucoup, mais elles avaient fort à faire pour assurer le bien-être de la compagnie – et elles y réussissaient pleinement. Néanmoins, j'eus l'occasion d'inviter la joyeuse Karin à une polonaise. En effet, aux premiers sons de la danse, elle avait posé le plateau qu'elle tenait pour écouter la musique, les yeux étincelants. Elle devait aimer ce morceau. Je m'élançai vers elle, et elle se laissa inviter. Il faut reconnaître qu'elle exécutait les figures baroques de cette danse avec une légèreté admirable, tandis que les partenaires que j'eus par la suite pesaient dans mes bras d'un tel poids que je regrettai plus d'une fois de n'être pas à Stockholm. Entre-temps, Karin avait disparu.

Je te fais grâce du repas qui suivit et des adieux. Je dois t'avouer qu'en regagnant ma chambre j'avais tellement sommeil que je m'endormis avant même d'avoir eu le temps d'ôter mes vêtements. Je me réveillai en pleine nuit ; la lune, d'une clarté aveuglante, brillait dans le ciel, mais ce n'était sûrement pas elle qui m'avait réveillé. Non, je venais d'entendre des sons de musique venant de loin. J'écoutai, étonné ; il s'agissait d'une mélodie étrange et pas vraiment agréable. Elle ne ressemblait à aucune des chansons que je connaissais. Je jetai un regard par la fenêtre pour comprendre d'où elle provenait, mais il n'y avait personne. J'ouvris la porte d'entrée. Malgré la neige, il ne faisait presque pas froid, la douceur de la journée se prolongeait jusque dans la nuit. Que signifiait tout cela ?

Même lorsque je me trouvai dans la cour, la musique semblait venir de loin, mais à présent je pouvais déterminer sa provenance. Ces sons étaient les seuls à rompre le silence ambiant, car les nombreux habitants du manoir étaient tous plongés dans un sommeil profond. J'appréhendais la découverte que je m'apprêtais à faire : jamais rien de semblable ne m'était arrivé. Je tournai sur ma droite.

L'espace d'un instant, j'hésitai, en me disant : en quoi cette triste musique te regarde-t-elle ? De quel droit veux-tu chercher et importuner la virtuose nocturne ? Mais advienne que pourra – je vais avancer, et quelle que puisse être la chanteuse que je rencontrerai, je trouverai bien une raison pour expliquer ma venue.

Je descendis dans le jardin. Point de feuillage ni d'oiseaux, rien que des arbres et des buissons immobiles et rigides aux branches dénudées et noires. Un étroit sentier pratiqué dans la neige, qui paraissait tout récent, menait vers le pavillon. J'examinai les empreintes : elles avaient été laissées par des souliers minuscules. Comme elles étaient toutes pareilles, j'en conclus qu'il s'agissait d'une seule marcheuse. Raison de plus pour renoncer à y aller, me dis-je, mais ma curiosité était trop forte. Soudain, le chant s'interrompit. Je me trouvais déjà près du pavillon ; la porte en était entrouverte, mais je ne voyais personne. Puis des paroles me parvinrent : « Ah, c'est lui ! C'est sa démarche ! C'est bien lui – oh, c'est Alfred… c'est Alfred… »

Le sang m'afflua au cœur. Point de doute : il était question d'un rendez-vous, et moi, l'éhonté, j'arrivais à la place d'un autre. Que faire ? Fuir ? Je n'eus pas le temps de le faire car, à cet instant, une femme sortit du pavillon et se précipita à ma rencontre. Elle me tendit un long ruban qu'elle tenait à la main et dont l'extrémité traînait dans la neige, et me lança d'une voix sauvage : « Reconnais-tu ceci ? – Non, pas du tout », répondis-je, embarrassé. Sans avoir attendu ma réponse, elle prit un grand mouchoir de soie rouge et le brandit, en répétant la même question : « Reconnais-tu ceci ? » Cette fois, je me tus. « Et ceci, le reconnais-tu ? » demanda-t-elle pour la troisième fois, en me montrant une bague à l'un de ses minces doigts.

Dans le clair de lune, je reconnus les traits de Karin. Elle conservait son teint rose et ses joues rouges. Que cette rougeur ne fût point un signe d'embarras, j'en étais certain, car ses yeux demeuraient grands ouverts, comme ceux d'une somnambule. Mais qu'en prononçant ces mots terribles elle n'eût même pas pâli ? Jusqu'alors, l'intense coloration de sa peau ne m'avait pas paru aussi énigmatique, effrayante presque.

« Au nom de Dieu, rentrez, mademoiselle Karin, ne restez pas dans la neige », dis-je à la désespérée, en la prenant par le bras. Elle ne sembla pas s'apercevoir de ma présence, mais me suivit quand même. Sur le chemin, elle répéta à plusieurs reprises ses questions, en brandissant tantôt le ruban, tantôt le mouchoir, tantôt la bague.

Je la conduisis dans le grand bâtiment, en me demandant, embarrassé, comment j'allais prendre congé de la belle somnambule. Nous nous trouvions dans le vaste hall d'entrée, long et large, dont le plancher était parfaitement éclairé par la lumière lunaire. Soudain, se dégageant de ma prise, Karin exécuta quelques *pas de chassé*[1], fit une pirouette, puis une autre, et se mit à danser au milieu de la pièce. Cela me fit penser à mademoiselle Högkvist dans la pièce bien connue[2] – et pourtant : quelle différence ! Dans la maison de l'archidiacre, il s'agissait d'une vraie somnambule. La porte à ma droite menait à la chambre à coucher de son épouse – et si elle se réveillait, sortait et me surprenait regardant sa fille danser le menuet en pleine nuit ? À gauche se trouvait la porte qui menait à la cuisine ; si l'une des servantes se réveillait et nous découvrait, ce ne serait guère mieux... Non, sûrement pas... Pendant que je restais là à passer en revue ces hypothèses angoissantes, Karin me saisit par le bras et m'entraîna dans un long mouvement de danse, qui me fit oublier tous les autres dangers. Le faisant, elle fredonnait la polonaise qu'on avait entendue la veille.

---

1. En français dans le texte.
2. Probablement *La Somnambule* (1819), comédie d'Eugène Scribe et Germain Delavigne ; Émilie Högqvist (1812-1846) : actrice suédoise qui y jouait le rôle principal dans les années 1830.

Soudain, elle s'arrêta, me donna une légère tape sur l'avant-bras, me lança avec un geste enjoué de la tête : « Un caprice nocturne, monsieur Fabian – bonne nuit ! » et disparut derrière la troisième porte, celle qui menait au salon et, de là, aux chambres des deux jeunes filles.

Je restai abasourdi, tel un noyé qu'on vient de sortir de l'eau. « Un caprice nocturne, monsieur Fabian ! » – ces mots continuaient à résonner dans mes oreilles. Elle était donc éveillée, elle m'avait reconnu, je n'avais pas eu affaire à une somnambule ! Qui m'expliquerait cette énigme ? Je me dépêchai de regagner ma chambre.

Une fois au lit, je repensai à ce qui venait d'arriver. Dans mon demi-sommeil, je croyais entendre encore ses cris effrayants : « Reconnais-tu ceci... et ceci... et ceci ? » La bague prenait les dimensions d'un cercle de tonneau, le ruban se transformait en un câble. Quel était donc le mystère qui enveloppait les demoiselles de Grönhamn ? Celle-ci serait-elle l'amante abandonnée et désespérée d'un certain Alfred ?

Le lendemain matin, j'entrai non sans embarras dans la grande salle à manger où nous nous réunissions pour prendre le café. Dire bonjour à Madame ne me posa pas de problème. Son époux était absent, de même que monsieur Zakrison. Les deux sœurs me firent la révérence, comme à l'accoutumée ; Karin, qui ne semblait pas du tout indisposée, encore moins gênée, me lança un bonjour enjoué, comme d'habitude. Hedda dirigeait la conversation à sa façon coutumière, sèche et pédante. Je dus leur paraître gauche, je n'y pouvais rien. Mais bientôt je retrouvai ma bonne humeur, en me rendant compte que rien de ce qui s'était passé n'avait filtré. J'avoue que je donnerais beaucoup pour savoir si, parmi les habitants de la paroisse, il y a un Alfred.

Ah, cette lettre devient un véritable volume ! Au revoir, Henriette, à la grâce de Dieu. J'espère que, avant de recevoir ce rapport de mon aventure nocturne, tu as déjà tenu parole en m'expédiant une lettre contenant de bonnes nouvelles.

F.

Cinquième lettre

Cher Fabian ! Jusqu'à présent je n'ai pas encore reçu la moindre nouvelle de ton arrivée à Grönhamn ni la description annoncée de tes amusements à l'occasion de Noël en compagnie des beautés locales. Cependant, pour tenir ma promesse, je vais m'asseoir et te raconter comment Henriette, pour sa part, a fêté le Jour de l'An.

À la Bourse, mon cher monsieur.

Il y avait Sa Majesté le roi, Sa Majesté la reine, Son Altesse l'héritier du trône, mais pas Son Altesse la princesse héritière. Son Altesse le prince héritier était si aimable que...

Mais me voici qui oublie le bon ordre et la bonne forme épistolaire. J'aurais dû, sans doute, avant de nous amener à la Bourse, te raconter comment Papa et moi nous avions agréablement réveillonné autour d'un plat de morue[1], te décrire la matinée du Jour de l'An, nos toilettes respectives ainsi que certains espoirs ambitieux liés à l'invitation. Tu sais ou tout au moins tu peux imaginer qu'à Stockholm Henriette D*** passe pour une... je veux dire qu'avec son apparence insignifiante...

---

1. *Lutfisk* : morue macérée dans de la soude, qui fait partie du repas traditionnel de la fin d'année en Suède.

La robe, j'ose l'affirmer, n'était pas mal choisie. Papa eut la gentillesse de m'offrir pour le Jour de l'An une tenue complète de bal, avec des bijoux assortis, de grande valeur. J'eus également d'autres cadeaux. Je ne nie pas que j'avais bien besoin de ceci et de cela, pauvre jeune fille que je suis : ma ferronnière s'était cassée, tu t'en souviens, et, figure-toi, en remplacement il m'offrit un superbe Sévigné qui se fixe sur la coiffure et aussi un fiancé[2] pour mettre autour du cou – ah, tu devrais le voir – je suis éblouie par le goût de Papa ! Et pas un fiancé ordinaire, mon bon monsieur, de ceux qu'on fixe à l'aide d'une seule broche, oh non, celui-ci est grand, très long, selon la mode d'aujourd'hui, en velours noir et muni de franges de soie noire. Il se fixe à l'aide de pas moins de trois broches, et ses extrémités pendent, malgré cela, assez bas – on peut appeler cela… Mais mon Dieu, on dirait que je m'adresse à une jeune fille ! Quel dommage, Fabian, que tu sois un homme !

Ah, j'ai du mal à passer sous silence certains petits détails, les détails minuscules de cette merveilleuse tenue. Vois-tu, quand on s'apprête à apparaître devant le roi, la reine, l'héritier du trône, ou tout simplement devant celui qui vous invite à danser, toutes ces choses revêtent une grande importance. Mais comme tu t'en doutes, le fiancé que je viens de décrire, je ne l'avais pas mis pour aller danser.

Cependant… Non, cette façon d'écrire, cela ne va pas !

Je me l'étais juré : pas un mot sur ma propre personne ! Tu ne pourras pas dire que Henriette a le même défaut qu'un certain monsieur qui ne parle

---

2. Ici : foulard ou châle.

que de lui-même, ne pense qu'à lui, un défaut qui, à la rigueur, serait excusable chez une femme, mais qui en soi est quand même assez grave. Ne sois jamais coquet, Fabian – c'est une honte !

Voyons, où en étais-je ?...

J'avais oublié de mentionner un fait singulier, qui vient ici bien à propos pour me permettre de reprendre le fil. Une personne étrangère vient d'emménager chez nous, pour y rester quelque temps, et occupe actuellement... devine ! – hé oui, ma propre chambre ! C'est une jeune fille bien élevée, Araminta May, une Anglaise, comme son nom l'indique, mais qui parle le suédois. Son père a vécu pendant plusieurs années dans une ville de province, quelque chose comme Motala ou Forsvik ; c'est une vieille connaissance de Papa, même si ni toi ni moi n'en avions jamais entendu parler. Il a souhaité que sa fille vînt passer l'hiver à Stockholm, alors Papa lui a proposé de l'accueillir – et elle se trouve ici depuis quelques jours.

Ainsi, mon cher Fabian, puisqu'il ne convient guère que je t'entretienne de ma propre personne insignifiante et que cependant je t'avais promis de te décrire les espérances et les réussites d'une femme, je vais te parler d'Araminta. Elle dort dans la même pièce que moi, elle se sert de la même psyché, des mêmes peignes et des mêmes épingles à cheveux pour faire sa toilette. Elle est ma meilleure amie.

Avec quel plaisir te brosserais-je le portrait de mon Araminta ! Mais je n'ai nul besoin de le faire, car je sais que tu as une imagination des plus vive. Nous nous vêtîmes ensemble pour nous rendre à la Bourse le Jour de l'An. Ses boucles noires, longues et souples, formaient un cadre ravissant autour de ses yeux qui… Fabian, je suis une femme, mais je suis capable d'estimer les yeux d'Araminta à leur juste valeur.

Lorsque, en compagnie de Papa, nous entrâmes dans la grande salle de la Bourse, je remarquai un vif mouvement. Araminta attirait l'attention de tout le monde, et franchement j'en étais ravie. Si tu étais un philosophe, Fabian, tu dirais que c'était impossible, que je devais être jalouse à l'égard de miss May. Mais, Dieu merci, tu n'es pas un philosophe, quels que puissent être par ailleurs tes défauts.

En un mot, après la danse protocolaire – comment appeler autrement l'invitation venant des personnes de haut rang ? –, ce fut le tour des danses d'agrément. Connaissant déjà les goûts d'Araminta, je l'observais.

Il y avait un jeune lieutenant de la garde à cheval… Quoique non, il n'y a pas de lieutenants là-bas… Tu ne le connais pas, Fabian, et du reste, en quoi les affaires de cœur d'Araminta May peuvent-elles te concerner ? Tu es en train de te choisir une épouse parmi les jeunes filles de Grönhamn, une qui soit adorable, instruite, éblouissante…

Mais cette fois-ci, le cœur d'Araminta ne courait aucun danger pour sa liberté. Je voyais bien comment elle se comportait pendant la valse. Le militaire en question, qui ne manquait pas d'audace, ne laissait passer aucune occasion d'incliner la tête pour lancer à sa dame un regard éloquent chaque fois qu'ils étaient dissimulés par d'autres couples en train de danser. Dieu sait pourquoi, mais ce feu avait un effet refroidissant sur Araminta. Ce soir-là, les mines affables, fussent-elles du pur miel, n'avaient pas l'air de lui plaire, et je le comprends : les Anglaises sont des créatures fières. Le beau moustachu se trompait sur son compte ; peut-être aurait-il eu plus de succès s'il avait été moins beau, mais plus viril, ou bien y avait-il d'autres raisons, je l'ignore. Plus tard, de retour à la maison, je demandai franchement à Araminta ce qu'elle avait contre ce soupirant. Elle ne daigna pas me répondre, pas un mot. La seule confidence qu'elle me fît consistait dans l'aveu qu'elle n'aime pas les beaux : elle préfère, expliqua-t-elle, être belle elle-même. Un homme doit avoir d'autres qualités. Question réglée – adieu, mon lieutenant, et n'en parlons plus !

Je vais à présent passer en revue les autres partenaires de danse d'Araminta. Il y en avait un qui lui plut, car – écoute bien ! – il n'hésita pas à se sacrifier pour elle, et ceci est quelque chose qu'on ne peut s'empêcher d'apprécier. Ils se trouvaient tous les deux serrés dans un quadrille de seize couples – on est parfois affreusement à l'étroit dans cette salle de la Bourse –, et par malheur elle se retrouva juste au-dessous d'un grand lustre. Cela pouvait encore aller, mais voilà qu'une des bougies de cire se mit à couler ! La cohue était telle que miss May ne pouvait quitter l'endroit que si une autre personne prenait sa place. Son cavalier le fit, en vrai martyr. Elle voyait son bel uniforme se couvrir de taches de cire fondue, jusqu'à ce que la danse reprît et qu'ils pussent changer de place. « Bah, c'est la moindre chose qu'on ferait pour une dame ! » me dirais-tu, Fabian. « La moindre chose qu'on ferait pour Araminta », préciserais-je ; quant aux autres, je ne te donnerais pas raison, car il y en a beaucoup qui mériteraient bien de recevoir des gouttes de cire chaude en plein visage – sans que je m'en fasse le moindre souci…

« Mériteraient » ? Eh bien, oui, Fabian, le terme est excusable, car, figure-toi, celui que je viens de mentionner, un homme de haute taille, grand, aux cheveux noirs, bref, dont la personne donnait l'impression de vivacité et de force de caractère, sans rien de langoureux, à peine eut-il échangé avec elle quelques mots après la fin de la danse qu'arriva une dame, laide comme le péché et qui l'interpella, je ne sais de quel droit. Probablement une connaissance de longue date. Il dut alors abandonner sa belle, sa gentille *Anglaise*, pour aller s'acquitter d'une commission quelconque : une paire de gants de bal oubliée je ne sais où, un châle tibétain qu'il fallait apporter à l'impertinente – par lui et nul autre.

Mais après s'être acquitté de la commission, il aurait pu revenir. Eh bien, non ! Il avait toujours quelque chose à faire quelque part, et même lorsqu'il n'avait rien, il restait à une distance infinie de miss May, à converser avec une flopée de demoiselles domiciliées à Drottninggatan n°**, au troisième étage – je les connais, ces dames. Une sombre flamme s'alluma alors dans les grands yeux d'Araminta : un éclair, aussitôt disparu, et elle ne regarda plus dans sa direction durant le reste de la soirée. J'approuvais sa résolution. Qu'est-ce que c'est que ces façons !

Pourtant – écoute, Fabian ! –, plus tard, alors que nous nous apprêtions à rentrer, l'infidèle se précipita vers l'endroit où nous étions en train de nous vêtir pour le voyage de retour. Je crus presque qu'il allait se jeter aux pieds d'Araminta – maintenant que les odieuses chaînes ne l'entravaient plus. Jamais je n'avais vu un être aussi repentant, aussi troublé, aussi désemparé. Néanmoins, il se comporta avec dignité. Araminta permit à ce chevalier servant de l'aider à enfiler sa pelisse. Le malheureux comprit qu'il était congédié.

Mais assez parlé de ce bal du Jour de l'An, qui du reste était fort réussi. Les journaux ne manqueront certainement pas de l'évoquer. Quelques rhumes ont déjà été rapportés. Bonne nuit, Fabian ! Et dépêche-toi de m'écrire !

Araminta est une jeune fille charmante, rien à dire... Si ! Il faut dire qu'elle reste une énigme : je n'arrive pas à comprendre si le fond de son caractère est un mélange de sérieux et de penchants pour la mélancolie, avec parfois des accès d'orgueil ou de colère, ou bien si sa nature profonde possède la même légèreté que son apparence, un joli nuage traversant un ciel azuré. Je n'ai jamais vu un être qui, sans faire le moindre effort, exerce un tel attrait sur son entourage. Veux-tu m'aider à traduire en suédois le mot *agaceries*[3] ? Mais il va de soi qu'à Grönhamn tout est plus beau. Je ne pouvais m'empêcher de regarder le pied d'Araminta, lorsque, le soir, elle tendit à la femme de chambre ce petit pied chaussé d'un soulier en serge de soie afin que celle-ci dénoue les lacets... Bonne nuit !

Henriette

P.S. Pour l'instant, je n'ai rien d'autre à te dire.

---

3. En français dans le texte.

Sixième lettre

Henriette!

Si seulement j'avais des sujets épistolaires aussi agréables que les tiens – mais ce Grönhamn m'est devenu odieux. La campagne, la campagne! Oui, je suis à la campagne, que le diable l'emporte, et alors?!

Écoute, Henriette, comment s'est terminée la danse nocturne dont je t'ai parlé dans ma dernière lettre. Cet Alfred n'a jamais existé! Et Karin Eneqvist n'est ni abandonnée, ni trahie, ni malheureuse! Incroyable, n'est-ce pas? Hier, en tombant sur monsieur Zakrison, je lui ai demandé des renseignements sur sa vie, sans outrepasser les limites de la discrétion. Eh bien, as-tu jamais entendu quelque chose d'aussi lafontainesque[1]? Elle s'est octroyé le plaisir d'une petite aventure nocturne: rien d'inconvenant, au contraire, charmante, émoustillante et piquante pour celui qui goûte ce genre de chose – quant à moi, je la trouve un peu trop forte. Elle ne faisait que *répéter* une scène tirée de quelque roman – dans le pavillon au milieu du jardin! Tu te rends compte, une extravagance pareille! Je suis fort content d'apprendre qu'elle n'a pas de raisons de désespérer, mais je ne partage pas l'attitude de monsieur Zakrison,

---

1. August Lafontaine (1758-1831), auteur romantique allemand, d'un sentimentalisme larmoyant, en vogue à l'époque.

qui, je le crains, encourage ce genre de répétitions. Plus tard, il m'a même montré la page et la ligne contenant la terrible question « Reconnais-tu ceci ? ». Il n'empêche : répéter son rôle à une heure du matin ? Cela, monsieur Zakrison ne l'approuvait guère, et encore moins le fait que ces répliques me fussent adressées *à moi*.

Bref, j'ai de grandes réserves à l'égard des deux filles de l'archidiacre. Nous avons été ensemble aussi bien à l'intérieur qu'en plein air, aussi bien seuls qu'en société, aussi bien sur des grands-routes que sur d'étroits sentiers, nous avons même rendu visite à la basse-cour – mais à quoi bon ?

Je m'arrête ici pour me reposer et souffler un peu. Mais écris-moi, Henriette ! Mes félicitations pour avoir fait la connaissance de cette miss Araminta. Je n'ai jamais entendu parler d'elle, mais j'ai confiance dans le jugement de Papa. Cependant, ne néglige pas tes propres affaires, pense à ce que je t'ai demandé. Adieu, Henriette – cet après-midi, je n'arrive à écrire rien qui vaille, moi qui d'habitude sais bien tourner mes phrases...

Ton cher Fabian

Septième lettre

Fabian ! Au risque de te fâcher, je dois te dire une chose : je suis en colère contre miss Araminta. Elle m'est apparue sous un jour défavorable, dans un rôle vilain, que dis-je : abject. Moi qui suis si attachée à elle ! Dis-moi si tu partages mon aversion : *jouer aux cartes* – n'est-ce pas affreux ? Une femme, de surcroît ! Non, mon ami, jamais je ne pourrai le lui pardonner ! Un bel homme peut à la rigueur se permettre de tenir les treize cartes avec ses doigts, beaux, mais virils, comme… bah, ça ne me regarde pas… Bref, si les cartes sont toutes neuves, brillantes, qu'on vient juste de les sortir de leur emballage, ça peut encore aller. Cependant, si toi, Fabian, tu étais un homme capable d'écouter un bon conseil, je te dirais : ne fais jamais ce que je t'ai vu faire chez *** ! Il est vrai, tu avais alors perdu et n'avais donc pas augmenté l'ignominie en rentrant à la maison avec un gain, mais tout de même : ne touche jamais aux cartes !

Toutefois, ce n'est pas de toi, campagnard versatile, qu'il est question ici, mais de miss May qui m'a fortement peinée. Écoute ceci. Nous étions invitées, ainsi que Papa, chez L***. On s'y ennuie à mourir, et seules les personnes que leur nature et leur âge ont déjà rendues tristes peuvent s'y plaire. Araminta n'en fait pas partie – alors, qu'allait-elle faire ? J'examinais sa mine au moment où la maîtresse de maison arriva avec les cartes et proposa aux dames une partie de whist. « Qu'as-tu l'intention de faire, Araminta ? » pensai-je.

À ma grande surprise, elle n'hésita pas un seul instant. Sache, Fabian, que ce jour-là elle avait fait, en compagnie de ton père et de moi, une promenade qui nous avait menés au pont Norrbro et que pendant le trajet elle attirait les regards de tout le monde. Elle portait une tenue seyante, de velours violet, un boa et un petit manchon d'hermine. Un joli chapeau de satin blanc encadrait son visage pâle – à cause d'une nuit passée sans sommeil – aux traits délicats, témoignant d'une grande sensibilité. Un homme nous dépassa, en la fixant avec insistance, resta en arrière, puis nous dépassa de nouveau, manœuvre qu'il répéta à trois reprises. Jamais je... je veux dire Araminta ne l'avait vu auparavant. Quelle ne fut donc sa surprise, lorsqu'elle rencontra cet homme le soir même chez L*** ! Il ne voyait qu'elle, ne s'occupait que d'elle – ne devait-elle pas lui rendre la politesse ? Mais c'est une ingrate, et je crains qu'elle n'ait mauvaise mémoire, car tu vas entendre des choses encore plus déplaisantes.

Imagine-toi : un monsieur, d'un maintien parfait, assis sur un tabouret de damas jaune, près d'un gracieux sofa, gracieux déjà en soi, mais dont la grâce augmenta vertigineusement lorsque la plus belle dame de la soirée, Araminta, l'eut choisi pour s'asseoir. L'homme sur le tabouret n'était ni importun ni bavard ; il se montrait plutôt timide, souvent silencieux, mais toute sa personne trahissait un être ensorcelé. Dès qu'un autre – deux autres – trois autres – quatre autres venaient adresser la parole à

Araminta (car, sache-le, un véritable cercle s'était formé autour d'elle), sa souffrance devenait trop manifeste pour n'être pas remarquée, ce qui du reste rendait encore plus vif l'éclat de ses grands yeux sombres. Comment ne pas se laisser subjuguer par lui ? Je ne comprends pas Araminta. Ce fut alors que la maîtresse de maison arriva, comme je l'avais dit, pour proposer une partie de whist. Araminta se leva à moitié de son sofa : elle acceptait l'invitation ! – j'en fus stupéfaite. Elle prit une carte ; aussitôt, l'individu évoqué ci-dessus (je ne me rappelle ni son nom ni son titre) prit, lui aussi, une carte – il semblait ravi de pouvoir jouer une partie avec Araminta. Je présume qu'il espérait être son vis-à-vis, car dans ce jeu, comme tu le sais, on ne change pas de partenaire durant toute la partie. À cet instant, en détournant le regard, d'un geste que je ne saurais décrire, Araminta fit comprendre à la maîtresse de maison qu'elle avait pris la carte par pure distraction, ce qui me parut un manque flagrant de courtoisie. Elle rendit la carte. Le jeu commença, elle était libre ; tandis que le malheureux, qui n'osait pas témoigner la même impolitesse à l'égard de la maîtresse de maison, dut poursuivre la partie, captif pour le reste de la soirée, enchaîné, tel un galérien, à l'élégante table en acajou, rectangulaire à souhait. Son vis-à-vis – c'est-à-dire sa moitié pour la soirée – fut madame B***, une Juive âgée d'une bagatelle de quarante-sept ans.

À la rigueur, cela pouvait encore aller – mais écoute la suite ! Araminta fit un tour de la pièce, s'arrêta devant une table de jeu où une place restait toujours libre, et madame W***, qui manquait de partenaire. Araminta s'assit, on distribua les cartes, et elle tendit sa main, mince et d'une sublime délicatesse, pour prendre... Je frissonnai.

Le pire, cependant, n'était pas le fait qu'elle tînt entre ses doigts ces misérables morceaux de carton, mais que sa table se trouvât assez près de celle à laquelle était enchaîné le pauvre Galérien, dont la déception, mon bon Fabian, avait dû se muer en désespoir. Réfléchis donc : elle avait refusé de jouer, alors qu'il y avait consenti pour rester près d'elle – et à présent elle jouait, mais à la table voisine, quelle dérision !

Sa souffrance aurait pu être allégée par le fait qu'Araminta avait pour vis-à-vis madame W*** et que de ce côté il n'avait donc rien à craindre. Cependant, à la même table qu'Araminta, non pas en face, mais *à côté* d'elle, était assis monsieur K***, le rival le plus dangereux, le plus redoutable du Galérien. Aramina bavardait avec lui sur un ton enjoué, sinon tendre – et le Galérien entendait tout cela, remarquait tout, voyait tout... Sauf ses propres cartes ; il jouait mal, ce condamné à vie, et il finit par agacer sa partenaire à un point tel que le sang empourpra ses traits de quarante-sept ans ; le malheureux s'attira des remontrances, son jeu empira encore davantage, il perdit son argent, il perdit tout.

Tu aurais dû voir Araminta en train de manier les cartes. Celui qui, à la différence de moi, n'aurait pas la conviction qu'en acceptant de jouer elle commettait une faute déplorable serait obligé de reconnaître que c'était un tableau ravissant. Lorsqu'elle prononçait la petite phrase « je renonce », qui signifiait qu'elle ne pensait pas avoir d'assez bonnes cartes pour désigner l'atout, un sourire soulevait sa lèvre supérieure, faisant voir l'éclat de ses dents semblables à des perles brésiliennes, de sorte que ses partenaires ne pouvaient s'empêcher de penser : « Araminta a sûrement plus d'atouts que quiconque, même si elle ne le dit pas ou ne le croit pas. » Sa partenaire, que la chance semblait avoir abandonnée pour toujours, disait elle aussi « je renonce ». « Ah, me voici obligée de jouer », disait alors Araminta ; et lorsqu'elle désigna comme atout les trèfles – comme cela lui arriva une fois de le faire –, je vis un éclat de joie illuminer les yeux du Rival qui en avait au moins sept. Araminta elle-même n'en avait que quatre. Mais il faut que tu saches, mon cher Fabian, que c'était une partie de *whist à la couleur*, pour le grand bonheur de la partenaire d'Araminta, qui n'avait aucun atout. Sur un ton triomphant, elle déclara donc une défausse et obtint ses quatre points. L'un des adversaires d'Araminta, le Rival, avec ses sept trèfles et d'excellentes cartes par ailleurs, devait nécessairement emporter la levée ; et il était tout aussi clair qu'il allait gagner le trick. Or, par excès de courtoisie, l'homme ne souhaitait pas gagner contre miss May. Il se mit à jouer mal, effroyablement mal. Araminta lui lança un regard indiquant qu'elle comprenait qu'il faisait exprès de perdre. Il n'avait pas dû saisir qu'elle trouvait humiliant d'être favorisée de cette manière. Il lui répondit donc par un regard affirmatif qui ne rendit sa façon d'agir que plus blessante encore. Son partenaire à lui, un colonel âgé, mais bien conservé, qui s'était distingué à Dennewitz[1], finit par perdre patience et lui reprocher sa façon de jouer qu'il qualifia de drôle… de bizarre… d'inexcusable…

1. Village près de Brandenbourg, lieu de bataille au cours des guerres napoléoniennes.

d'exécrable, par Dieu ! – les adjectifs montaient en puissance, la tension aussi. Le coupable se défendit à coups de piques ironiques dirigées contre son partenaire, tout en affichant la courtoisie la plus parfaite à l'égard d'Araminta. Malheureusement, elle trouva cette courtoisie déplacée et prit le parti du colonel. Encouragé de la sorte, le vieux monsieur s'anima, reprit courage et lança une offensive.

« Mon Dieu, s'écria-t-il en s'adressant à son partenaire fautif, pourquoi ne pas couper avec des carreaux ? Hé oui, je le savais, maintenant mon roi est fichu, assassiné par l'as de Madame, qui me semble être la cause de la distraction de Monsieur ! Si j'avais eu les carreaux au bon moment, alors... ah, c'est pénible de faire des ouvertures qui ne servent à rien ! Et ce n'est pas fini : regardez, toute ma belle suite de cœurs, à quoi va-t-elle me servir, puisque je n'arrive plus à reprendre la main ? Tandis que, si seulement on était restés dans la même couleur, j'aurais répliqué, repris la main et passé aussitôt aux cœurs... C'est clair comme le jour, tandis qu'à présent... zut !... »

Au lieu de répondre, le Rival, la mine fière et hautaine, sortit un atout pour montrer sa force. Cela faisant, il coupa par malheur le dernier petit atout du colonel, incident qui arracha à celui-ci un cri : « Ah bon, c'est comme ça ?! On se marche sur les pieds, alors qu'on est des alliés ! Monsieur ne se rappelle-t-il pas que nos deux dames ont renoncé, à quoi bon sortir ces atouts ? On a perdu le trick ! Parfait ! Et du même coup, le robre ! Puisqu'elles ont déjà huit points et bénéficient de deux honneurs ! Et voilà, elles terminent en beauté ! Félicitations ! »

« Excusez-moi, mon colonel, l'interrompit Araminta, nous n'avons pas gagné le robre. Nous avons huit points, le trick vaut un point, cela en fait neuf, et dans ce cas, malheureusement, les honneurs ne comptent guère. Le jeu continue ! »

« Mais oui, bien sûr, s'écria le colonel en retrouvant sa bonne humeur, j'ai confondu avec le whist à trois, où un trick vaut deux points, ce qui vous aurait permis, mesdames, de terminer, même sans les honneurs. Alors que, dans ce whist-ci, le trick ne vous apporte qu'un point... »

« C'est un jeu injuste, intervint le Rival, ne pas gagner parce qu'on a trop de points ! Ne devrait-on pas leur compter onze points et considérer qu'elles terminent, même si le nombre de points requis est de dix ? Cette nouvelle façon de compter n'est-elle pas meilleure ? »

« Je ne vois pas pourquoi on doit plaider pour ses adversaires, remarqua le colonel. On perd d'abord le trick, alors qu'on a l'as et cinq atouts, dont le roi, ainsi que la dame de cœur qui n'est pas seule, qui aurait donc dû jouer, et voici que maintenant... non, ça va trop loin ! »

« C'est notre malchance à tous les deux que d'être des partenaires », fit le Rival, dépité.

« En effet, je ne m'en félicite guère ! »

« Prenez donc vos cartes, c'est à moi de donner, intervint Araminta. Vous allez voir, mon colonel, je vais vous donner d'excellentes cartes, et tout s'arrangera. »

Le Rival tenta à nouveau d'intercepter son regard, afin d'y trouver – espérait-il – une approbation à ses remarques ironiques à l'égard du héros de Dennewitz.

En vain, Araminta ne s'occupait à présent que du vieux colonel.

Je dois reconnaître, Fabian, qu'il est possible de distribuer les cartes d'une manière gracieuse. Au cours de cette opération, les petits rectangles luisants que le joueur reçoit peuvent devenir un signe de faveur qu'on lui accorde, sans que les autres s'en aperçoivent. Ce n'est pas nécessairement une formule à l'ancienne, comme «veuillez bien...» ou «que cela vous porte chance», ces choses-là ne sont plus d'usage. Araminta donnait les cartes en silence, sans même esquisser des gestes révérencieux qu'on peut se permettre sans tomber dans la pédanterie. Mais le colonel avait l'impression que chaque fois qu'on posait devant lui trois cartes, les fins doigts qui distribuaient promptement ces brillants talismans du bonheur dessinaient de suaves arabesques qui dansaient devant ses yeux. Il leva le regard sur la belle joueuse, dont les lèvres remuèrent légèrement, un soupçon de sourire, aussitôt disparu, qui ne s'adressait qu'à lui et le remplit d'une joie dont il dut longuement chercher la véritable cause en remuant dans sa tête les souvenirs des jours anciens. Mais le plaisir qu'il éprouva n'en fut pas amoindri. Il prit la résolution de ne plus se fâcher de la soirée.

Un changement se produisit avec l'arrivée des laquais en tenue flambant neuve, qui, tels de gentils faunes, circulaient parmi les sylphides assises autour des tables de jeu, leur proposant des boissons dans des verres de cristal, qu'ils portaient sur leurs plateaux. À l'instar des autres, Araminta prit un verre. Ce geste me fit tressaillir. Elle but une gorgée – ah, Fabian, c'était terrible.

Il faut dire que la boisson était délicieuse, du bischof blanc[2]. Mais une jeune fille qui à la fois boit et joue aux cartes ! Elle leva son verre à nouveau ; le colonel, en s'inclinant, leva le sien. Araminta sourit et trinqua avec lui, en lui adressant un signe de tête sylphidique. Après quoi elle avala une seconde gorgée !

L'infamie de cette scène fut accentuée par l'épouvantable conduite du Rival. Que n'aurait-il pas donné pour pouvoir jouir de l'attention dont se régalait à présent le vétéran de Dennewitz ? « C'est incroyable ! » se dit-il, et il se mit à jouer encore plus mal.

Désormais, le colonel ne lui adressait plus la parole. Avec la lucidité d'un esprit supérieur, il comprenait la cause profonde des erreurs du Rival et s'en réjouissait ; tout au plus lui arrivait-il de décocher une flèche sarcastique, tout en mordillant son cure-dent en or.

La partenaire d'Araminta faisait preuve d'un flegme inaltérable. Les cartes toujours aussi mauvaises, l'humeur toujours aussi radieuse. Car Araminta menait très bien sa partie de whist : sans avoir des cartes extraordinaires, elle emportait une levée après l'autre, et sa partenaire récoltait la moitié des gains.

Le dîner fut servi sur les tables de jeu mêmes : des gélinottes, des croquettes, de la crème brûlée, du vol-au-vent au poisson, de la compote de fruits et de la gelée d'orange – tout confectionné d'après la recette n° 466 du *Greta Nylander*[3]. Le Galérien prit des portions énormes, et le Rival ne lui céda pas ; les deux cherchaient à avaler, avec la nourriture, les affronts qu'ils venaient de subir. Araminta choisit la compote de pommes qu'elle eut l'audace d'associer à

2. Mélange de vin, d'eau, de sucre et d'orange amère.

3. Un livre de cuisine en vogue à l'époque.

une demi-gélinotte, même si ces deux plats n'étaient pas servis ensemble. « Vous êtes un fin gourmet ! » s'écria le colonel, qui voulut aussitôt goûter ce mélange de volaille et de fruit. Le vieux militaire appela le laquais, prit de la compote, se fit servir de la gélinotte – et trouva le plat exquis ! Araminta, cependant, voyant que le colonel avait oublié la sauce, appela un autre laquais. Quelle touchante attention ! Lorsqu'elle saisit la louche et fit couler un liquide légèrement bruni sur la cuisse de volaille posée sur l'assiette, pour la recouvrir d'une nappe appétissante, il lui jeta un regard rempli d'émotion. Tout doucement, il chantonna :

Aimable Sophie, aimable drôle !
Dans les jours du printemps, qui déjà s'envolent[4]*...*

Le Galérien et le Rival avaient beau inonder leurs plats de sauce, la nourriture avait le goût de paille, et cette paille qu'ils étaient à présent en train de mâcher, ils l'avaient fabriquée de leurs propres mains.

Mais pour l'amour de Dieu, Fabian, va donc te coucher : lire une lettre de cette longueur doit être un supplice ! Pauvre Araminta, à quoi lui sert-il de faire tourner la tête à tout le monde, s'il n'existe personne qu'elle puisse aimer en retour ? Adieu maintenant ! Je suppose que mon cher cousin fume désormais du bon tabac rustique, *Gefle vapen*, comme il sied à un habitant de la campagne et un agriculteur, c'est-à-dire qu'il tire sur sa pipe en claquant les lèvres, chum, chum – oh qu'il sentira bon quand il sera de retour !

---

4. En français dans le texte.

Dis-moi, exigeras-tu de l'heureuse élue qu'elle prise ?

P.S. Mon bon Fabian, si tu n'es pas fâché contre moi, donne-moi un conseil. Araminta veut connaître mon avis pour décider à qui donner la préférence : au Galérien ou au Rival. Tous les deux lui font la cour, d'une façon noble et chevaleresque, aucun des deux ne semble offusqué par sa bienveillance à l'égard du colonel pendant la soirée en question. Ils ne sont pas aussi toqués après tout. Tu me répondras que tu les connais trop peu pour conseiller un choix judicieux, mais moi est-ce que je les connais autrement que d'apparence ? Araminta elle-même connaît-elle d'eux autre chose que leurs paroles ? Ils possèdent, chacun, une belle voix, sont facilement intimidés, mais font preuve d'une grande audace devant une table bien garnie. Lequel des deux la pauvre fille doit-elle choisir ? Tiens, prends deux bouts de papier, inscris-y leurs prénoms, Abraham et Didrik, mets-les dans ton étui de miroir, secoue-le bien et tire au sort ! Ou, mieux encore, donne-moi un bon conseil, et le plus vite possible, car les pauvres diables ne vont pas s'éterniser auprès d'Araminta en cas de refus : ils se tourneront vers d'autres objets, je présume, et l'on ne doit pas mettre d'obstacles à leurs entreprises.

H.

Huitième lettre

Henriette !

Ah, ces maudites fosses ! ces horribles batteuses ! cette infecte distillerie ! Et moi, contraint de les visiter ! C'est le comble de la souffrance, Henriette – néanmoins, *courage*[1] ! Merci pour ta lettre – mais est-ce à moi de dire ce que tu dois conseiller à Araminta ? C'est plutôt moi qui ai besoin d'un conseil.

Devine ce qui m'est arrivé, Henriette ! J'ai passé une journée entière en compagnie de l'archidiacre !

Je fis la connaissance de toutes ses activités agricoles, en me disant que cela pouvait être à la fois utile et distrayant. Pour commencer, nous fîmes une partie de trictrac. Une réussite parfaite, car le vieux me battit deux fois de suite, et je soupçonne qu'il voudrait que je devienne son gendre rien que pour pouvoir me flanquer une raclée chaque jour que crée le Seigneur. Sur un ton paternel et condescendant, il m'expliqua comment on doit s'y prendre pour bien regrouper ses dames, de préférence tout près du bord, épilogua sur la nécessité de ne pas chercher, dès le début, à prendre les dames de l'adversaire, pour éviter de voir toutes ses dames se lancer à la

1. En français dans le texte.

poursuite des vôtres. L'enseignement valait son pesant d'or, mais je l'écoutais d'une oreille plutôt distraite, distraction que le vieux dut interpréter à sa manière, car il n'en fut nullement offusqué, mais au contraire lâcha quelques plaisanteries au sujet de Karin, de Hedda et de..., avant de s'interrompre, à mon grand soulagement, en disant : « Et si l'on faisait un tour pour prendre l'air, monsieur le Négociant ? On jetterait un coup d'œil sur les installations, tout en continuant à réfléchir à... ceci et cela ! » Cette dernière remarque me parut un peu inquiétante, mais je le suivis sans mot dire.

Une fois dehors, nous nous dirigeâmes naturellement vers l'étable, située en face du presbytère et formant avec celui-ci un charmant couple d'époux inséparables. Tu n'as jamais mis les pieds dans une vraie étable, Henriette, et crois-moi, l'air y est bien meilleur que dans une pièce enfumée. Le brave archidiacre, ami de jeunesse de mon cher Papa, est un parangon de bienveillance. Il s'arrêtait devant chaque stalle, pour m'apprendre le nom de la vache qui s'y trouvait : Belle, Demoiselle, Rose, Riette (pardon, ma chère Henriette !) et m'informer des détails de leur biographie : date de naissance, date présumée de l'abattage, etc., bref, les étapes principales de leur existence. Les braves créatures semblaient apprécier l'attention du maître à leur égard, car jamais nous ne nous entretînmes devant une stalle sans que notre conversation suscitât en retour un petit mugissement ou quelque autre réplique de circonstance. Nous escaladâmes le grand amas de fourrage ; le bonhomme se montra d'une agilité incroyable, et j'eus l'impression qu'il cherchait à mettre à l'épreuve la force de mes bras, car lorsque nous eûmes monté l'échelle qui menait en haut de la grange, à l'instant même où il passa la tête et une partie du corps par l'ouverture et qu'il voulut, d'une seule grande enjambée, atteindre le sol du grenier à foin, plongé dans la pénombre, il bascula en arrière, et j'eus beaucoup de mal à attraper au vol ce grand corps de vieillard et à le déposer sur un tas de foin pour qu'il reprenne son souffle. «Ha ha ha!» éclata-t-il. Je compris qu'il ne s'était pas fait mal. «Monsieur le Négociant est bien agile, bien rapide, un chevalier adroit, rien à dire, même si je pense qu'il se serait montré encore plus agile s'il s'était agi de porter dans ce foin quelqu'un d'autre que le vieil archidiacre, hein? Bon, bon, je n'ai rien dit!» Je n'aime guère ce genre de remarques - ah, si seulement les vieilles personnes pouvaient s'abstenir de faire des insinuations qui n'ont d'autre raison que les illusions qu'elles se font elles-mêmes! Sans dire un mot, j'ouvris la lucarne qui se trouvait dans le mur du pignon, faisant entrer la lumière. «Très bien! fit l'archidiacre. Et maintenant, je pose la question à monsieur le Négociant: voici mes réserves de fourrage. Monsieur peut-il me dire dans quelle partie du grenier se trouve le trèfle et où est la fléole? — Je dirais que par là, car ça sent bon... — Bon? m'interrompit-il. Dans une étable bien entretenue, ça sent bon partout - moi, je voudrais savoir où se trouve le trèfle!» Je ramassai une poignée de foin et la reniflai, en me piquant la joue et le nez. «Voici le trèfle! fis-je sur un ton assuré. — Laissez-moi voir! Non, mon bon monsieur, c'est de la canche, d'une excellente qualité! Hé oui, on ne devient pas agriculteur du jour le lendemain. Et cette botte-là vient des pâturages secs, un fin mélange de canche et de fléole. Mais venez par ici, voici mon trésor – tenez, ça, c'est l'odeur du trèfle, mon bon monsieur !»

Courant une nouvelle fois le danger de me faire éborgner par les pailles pointues, j'aspirai aussi profondément que je pus, le nez dans la touffe tendue par l'archidiacre, avant de m'exclamer : « Mais bien sûr, ça c'est du trèfle !»

« Du vrai trèfle, exact, et de la meilleure qualité qui soit, coupé à l'âge le plus tendre – pour les vaches, il n'y a rien de mieux. La femme du pasteur se damnerait pour avoir tout ce trèfle pour elle seule. Bon, bon... Avec une telle nourriture, le lait coule à flots, et quant au fromage... nous en avons goûté, du reste, hier au souper... qu'en pensez-vous, monsieur le Négociant ?

« Délicieux !»

« N'étant pas originaire du Småland, je reconnais néanmoins qu'un meilleur fromage n'existe guère. Je veux dire plus onctueux, car c'est cela qui importe. Et maintenant, on va descendre ! Non, non, ne regardez pas de ce côté, ce foin-là provient des pâturages marécageux, il n'est pas fameux. Attention au hache-paille, mon ami !»

L'avertissement vint trop tard. Pour faire plaisir au bonhomme et montrer ma compétence en matière de fourrage, j'allais et venais en enfonçant mes doigts dans le foin à différents endroits, en disait : « Ceci est donc... ah bon... et cela... ah oui, je vois...» (me gardant bien de citer les noms). Poussé par cet élan agricole, j'effleurai, par inadvertance, la lame de son hache-paille, geste qui me valut une profonde entaille à un doigt.

«Vous saignez?» s'enquit l'archidiacre.

«Une bagatelle.»

«Tout de même, montrez-moi ça... Karin! Karin!» appela-t-il d'une voix de stentor. Un bruit de pas légers se fit entendre en bas, au pied de l'échelle, et une voix monta: «Mon père?... – Karin, viens vite avec un pansement et de la charpie.» Le vieillard s'accroupit et se pencha par-dessus la trappe, me faisant craindre qu'il n'y tombât la tête la première.

Nous descendîmes. Karin revint en courant, un long morceau de linge à la main, suivie de Hedda armée d'un couteau de table, à l'aide duquel elle transforma le pauvre tissu en charpie. Aimable sollicitude, n'est-ce pas?

Nous étions à présent tous les quatre rassemblés au milieu d'un passage au sol bruni, délimité des deux côtés par les rangées de stalles, chacune laissant voir une queue de vache. «Je voudrais que mon égratignure fût une vraie blessure, puisque mesdemoiselles Karin et Hedda se donnent tant de peine à cause d'elle», fis-je, en recouvrant mes esprits.

«Ah, ne dites pas cela, m'interrompit l'archidiacre. Karin, ne sois pas si pressée, laisse Hedda y mettre la charpie! Tu feras le bandage après.»

Entre-temps, j'avais sorti mon mouchoir de Calcutta, de couleur rouge, et en enveloppai le doigt; la douce soie indienne absorba rapidement le sang. Les jeunes filles restèrent bouche bée – n'avaient-elles jamais vu du taffetas ou de la mousseline? «Épargnez votre mouchoir, monsieur», m'ordonna l'archidiacre pour permettre à Karin et Hedda de dispenser à tour de rôle leurs soins à mon index accidenté. Cela fait, nous quittâmes le royaume béni des bovins. Une autre chose nous attendait à présent : les champs. « Allez, les filles, ouste ! Occupez-vous du déjeuner, lança le vieux, nous allons faire un tour en conversant. » Dociles, les jeunes filles s'envolèrent vers la maison, comme emportées par le vent, sans s'offusquer des façons peu galantes de leur père. Quant à moi, j'appréhendais la conversation à venir qui, je m'en doutais, aller porter sur… hé oui, sur ce qui m'avait poussé à venir passer les fêtes de Noël à la campagne.

Nous nous dirigeâmes vers l'endroit d'où venait la magnifique récolte de l'année. Mais à quoi bon, me demandai-je, puisque tout était recouvert d'une épaisse couche de neige ? Sur le chemin, il y avait des passages dangereux et, à ma grande honte, je dois avouer que je me retrouvais dans les fossés un peu trop souvent. Maudits fossés – quelle idée de les avoir en hiver ! Avec, par-dessus, de la neige qui les dissimule !

« Hé, hé, ne pensez pas à cette fichue éraflure – regardez plutôt où vous mettez les pieds et faites attention », me conseilla le vieil homme. Peux-tu me dire, Henriette, comment on peut faire attention à ne pas tomber dans les égouts invisibles, cachés sous la glace et la neige ?

Au terme de cette pénible déambulation, nous arrivâmes dans un champ que l'archidiacre qualifiait de sa « défriche ». Ce que cela voulait dire, je l'ignorais ; pour moi, le mot n'évoquait que « frichti » – mais quel rapport entre ça et le bout de terrain carré que j'avais sous les yeux ? « Hé oui, fit le vieux d'un ton plein de sous-entendus, deux cents rixdales se trouvent sous nos pieds ! » Je le regardai, bête comme un sauvage africain. « Hé, hé, mon ami, ho, ho ! poursuivit le digne serviteur de Dieu, les défriches, ça vous coûte de la sueur... mais la bonne Karin aura... c'est une brave petite fille... »

As-tu jamais entendu un pareil galimatias, Henriette ? Je me sentais égaré dans un labyrinthe, cherchant à additionner : la défriche... Karin... les deux cents rixdales... la sueur... « Pardon ? » balbutiai-je, en dévisageant la neige, tournant la tête à droite et à gauche, tel un mulet.

En voyant qu'il avait affaire à un pauvre ignorant et un Stockholmois, l'archidiacre s'amadoua et m'expliqua que « défriche » signifie un morceau de terre, jadis un pré ou un pâturage, qui a été transformé en un champ cultivable, opération d'un coût fort élevé ; et qu'en vendant les étoffes qu'elle avait tissées, Karin avait considérablement contribué à financer les travaux. Dis-moi, Henriette, n'aurais-je pas dû, une fois éclairé, demander sur-le-champ la main de Karin ? Cela semblait, en tout cas, être l'avis du vieux. Et, à bien y réfléchir, il avait raison, car n'était-ce pas là une preuve de sa diligence, de son esprit de sacrifice, de sa noblesse d'âme ? Sérieusement parlant, pourrais-je jamais trouver une meilleure épouse ?

Ayant réussi à m'extraire de l'amas de neige, je suivis le brave homme sur le chemin du retour. Il était ravi à l'idée que Karin, sa préférée, semblât prendre le dessus dans mes considérations. Pour ne pas complètement baisser dans son estime, j'entamai une conversation sur l'élevage des moutons, en me répandant sur le conseiller d'État Poppius[2] et en demandant à monsieur l'archidiacre s'il avait

2. Gabriel Poppius (1769-1856), homme d'État suédois, partisan acharné de l'importation de certaines races de moutons, notamment des mérinos.

fait l'achat de quelques mérinos. Mais malheureusement pour l'avenir de notre pays, je trouvai en lui un adversaire de cette tendance agricole. « Chez nous, déclara-t-il, ces bêtes étrangères ne se portent jamais bien. À la première goutte de pluie, elles tombent malades, elles sont fragiles et craignent le froid comme les gratte-papiers d'un ministère, on dépense plus d'argent à les faire soigner qu'on n'en gagne en vendant leur laine. » J'admis que cela pouvait parfois être le cas, *parfois*, dis-je, en appuyant sur le mot, avant d'ajouter… hélas, je n'avais rien à ajouter. Le regard du bonhomme s'illumina : en ma personne, il crut avoir triomphé du grand Poppius lui-même. Pourtant, il avait tort, car tu sais, Henriette, c'est sûr et certain que dans ce pays, où la métallurgie commence à décliner et où le commerce ne pourra pas longtemps se maintenir au niveau actuel, les moutons… je veux dire leur élevage, pratiqué à grande échelle, offrirait la meilleure alternative, surtout si l'on considère la surface de nos pâturages, toutes ces terres qui ne peuvent être mises à profit d'aucune autre manière. C'est une vérité indiscutable, une évidence que je te démontrerai, ma bonne Henriette, lorsqu'on se reverra. Ici, je me contenterai de dire qu'après un dernier petit tour du côté du sauna, de la brasserie, de la batteuse et de la distillerie superbement aménagée, nous regagnâmes enfin la maison.

La première personne venue à notre rencontre fut Hedda, apportant sur un plateau – qu'elle tenait d'une seule main – tout ce dont on avait besoin pour un déjeuner, et pas n'importe quel : un déjeuner de *chez l'archidiacre*. Son adresse me surprit et me plut, car les objets sur le plateau n'étaient ni petits ni légers. Mais trêve de plaisanterie – nous nous mîmes à table.

Le vieux se répandit en éloges sur Hedda. Certes, elle ne lui avait pas procuré les deux cents rixdales pour la défriche, mais elle s'y connaissait en gastronomie et était capable de satisfaire le goût le plus exigeant. L'aiguille de ma balance se mit à pencher de son côté.

Je m'étonne moi-même de mon succès auprès des dames. Qu'arriva-t-il après le déjeuner ? Tandis que le maître de maison se retirait pour faire sa petite sieste méridienne, son épouse me prit par la main et me dirigea discrètement et doucement vers une autre pièce. Papa s'en serait sûrement réjoui et moi-même j'éprouvai une certaine excitation, car elle aussi semblait vouloir me soumettre à un interrogatoire. Elle disposait de toutes les qualités pour y parvenir, et de façon ô combien gentille !

Elle s'y prit avec grande habileté et plus de raffinement que l'archidiacre. Depuis plusieurs jours, j'avais été son favori incontestable, du fait qu'à la différence des messieurs de Grönhamn je ne m'adonnais pas corps et âme à la chasse, à la pêche, aux cartes et au grog, et que je ne dédaignais pas de parler aux dames de sujets féminins. Je crois même être devenu son véritable chouchou, même si elle se gardait de me faire des compliments, car un homme ne peut manquer de trouver cela ridicule. Bref, nous nous trouvâmes en tête à tête. Car les jeunes filles, en bonnes filles d'ecclésiastique qu'elles étaient, avaient toujours quelque chose à faire à cette heure-ci, que ce soit dehors ou à la maison. Pour engager une conversation, je complimentai la dame pour sa robuste santé qui lui permettait de bien se porter au plus froid de l'hiver. Elle me fit savoir qu'en 1812 l'hiver avait été encore plus rigoureux. J'exprimai ma surprise. Mais soit ; nous nous approchâmes du poêle (l'entretien se déroulait dans une pièce qui servait de salon, quand elle n'était pas transformée en chambre à coucher) et elle désigna un garde-feu qui se trouvait à côté. « Que pensez-vous de cette *tapisserie*[3] ? me demanda-t-elle. Assez jolie pour être l'œuvre d'une habitante de Grönhamn, n'est-ce pas ? »

« Qui en serait l'auteur ? Un travail fort habile, d'une grande élégance, répondis-je. Je devine... »

Elle me dévisagea d'un air enjoué et malin à la fois. « Bien sûr, poursuivit-elle, les habitantes de la capitale ont plus de temps à consacrer aux travaux artistiques et y trouvent des patrons magnifiques de tapisserie et de broderie. Alors que nous autres, nous devons imaginer et dessiner nous-mêmes nos modèles, teinter nous-mêmes notre laine, puis coudre... »

« Vous-mêmes ! m'écriai-je avec une admiration non feinte, car je commençais à concevoir une grande et sincère estime pour les personnes aussi entreprenantes et habiles. Madame a sans doute confectionné elle-même ce paravent... »

« Oh non, répliqua-t-elle, une vieille femme comme moi ne peut pas rester assise à travailler en silence pendant le temps qu'il faut pour fabriquer une pièce pareille. Non, non, je suis obligée de m'occuper de tout, de tout diriger, de donner des directives et des

3. En français dans le texte.

ordres – sans cela, rien ne serait fait. Et si ce n'est pas moi, qui alors ? Devinez ! »

En examinant l'objet de plus près, je découvris la harpe de David qu'au début j'avais prise pour un instrument de musique turque : le triangle. À côté, je vis un psautier ouvert, sur fond d'herbe verte, où le texte – un extrait de Jésus Ben Sira – était même lisible, brodé en grands caractères. Je n'hésitai plus : « C'est la main de mademoiselle Hedda ! » m'écriai-je.

Sa mère rayonnait de joie. Nous prîmes place sur un coin de canapé. Je ne sais pas si c'était l'effet de la harpe de David, mais je me sentis ému en écoutant la maîtresse de maison, visiblement inspirée par mes remarques, me parler du zèle, de l'attention et du dévouement, silencieux, presque religieux, avec lesquels Hedda, sa fille préférée, se livrait aux travaux ménagers, sans jamais s'en vanter, mais en les accomplissant à la perfection.

Ma bonne Henriette, donne-moi un sage conseil, je te prie : dois-je demander la main de Hedda ou celle de Karin ? J'ai besoin de ton avis, et vite, car sinon… Je veux exaucer le souhait de mon père : une jeune campagnarde est certainement une valeur sûre, mais je veux également assouvir mon propre désir d'être heureux – alors, laquelle des deux dois-je choisir ? Il est urgent que je reçoive le conseil qui scellera mon destin, car il ne m'est plus possible de prolonger ce séjour. Et lorsque Karin… ou Hedda… bon, mettons Karin… sera à Stockholm, elles seront, l'une et l'autre, plus présentables, j'espère. Elles vont prendre exemple sur moi et finiront par me ressembler… Je veux dire, l'une d'entre elles, celle qui…

Henriette, j'ai failli oublier ta question à propos du choix à conseiller à miss May. Mais de toute manière, elle n'y songe pas sérieusement ! Ce Galérien ! Ce Rival ! On ne peut en aucun cas aimer ni l'un ni l'autre !

Et toi-même, Henriette ? Tu manques d'amour-propre, tu oublies trop souvent ta personne. Car c'est à toi que j'avais, dès le début, conseillé de te dépêcher de choisir…

Fabian

Neuvième lettre

Fabian !

Que moi je te conseille laquelle des deux jeunes filles tu devrais prendre pour épouse ? As-tu perdu la tête ? Je ne les connais même pas ! Mais bon, prends alors…

Laisse-moi réfléchir – oui, prends…

Mais tu divagues, mon cher Fabian ! Je connais si peu de choses sur tes Hedda et Karin qu'il m'est impossible de choisir. Décris-moi, du moins, comment elles sont, quel est leur comportement, énumère-moi les mérites de chacune, et je ferai de mon mieux pour choisir à ta place.

Si seulement elles venaient à Stockholm, elles finiraient par être présentables, par me ressembler, écris-tu. Tout à fait ! Un monsieur si parfait et qui connaît si bien ses qualités ferait des miracles ; c'est pourquoi je pense que tu peux choisir n'importe laquelle comme objet de la transformation miraculeuse et de la magie toute-puissante.

Cher Fabian, je m'arrête ici, car je dois sortir. Le père du Galérien – crois-moi, ce dernier n'est pas dépourvu de charme ! – a invité Papa et nous deux à une soirée dansante. Il habite près de l'hôtel du

Trésorier[1] et est riche comme Crésus. Je place mes espoirs... en son cuisinier – et je te salue.

Henriette

1. Grand bâtiment du XVIIe siècle situé dans la vieille ville de Stockholm.

Dixième lettre

Je vois que tu t'amuses bien, Henriette ! Cependant, Dieu m'en soit témoin, moi non plus je ne manque pas d'amusements. En ce moment, je suis seul, m'étant éloigné de la tabatière de monsieur Zakrison avec laquelle il me tourmente depuis que, par pitié pour moi, il a abandonné l'usage de la pipe. Je connais peu de personnes aussi honorables que cet homme, bientôt tu sauras pourquoi. Que je me sens bien à la campagne ! Moi qui n'ai jamais fait la sieste, me voici – imagine-toi ! – qui ai appris à dormir de deux heures à cinq heures de l'après-midi ; je viens précisément de me réveiller, triste de n'avoir pas continué à dormir.

Merci pour ta lettre. Je me rappelle maintenant que, pour pouvoir arrêter ton choix, tu m'as demandé plus de précisions sur les mérites de mes deux demoiselles. Une demande difficile à satisfaire. Mais je vais essayer, tant que je suis éveillé.

Dieu seul sait ce qui manque à mes deux promises, mais à coup sûr il y a quelque chose qui leur manque. Commençons par Karin. Je lui pardonnai vite son histoire nocturne avec Alfred, n'y pensai plus et me montrai gentil avec la pauvre fille, si serviable, qui, vivant à Grönhamn, avait bien besoin de quelques petites distractions. Cependant… lorsque j'y réfléchis avec plus de détachement… cette affaire me paraît de moins en moins choquante et… m'intrigue de plus en plus. Quoique… passons.

Je mis du temps à comprendre ce que j'avais contre cette chère Karin et pourquoi je n'arrivais pas à la trouver vraiment attachante – et maintenant, Henriette, je sais de quoi il s'agit ! Elle chante des *chansons populaires* – elle en est folle ! Son petit visage, d'ordinaire si sympathique, prend une mine renfrognée quand elle se met à chanter – et elle ne s'arrête plus ! Par malheur, comme tu le sais, je déteste ce répertoire.

Pourtant, j'aime la musique, je ne suis pas un ours mal léché. Pourquoi alors souffrais-je le martyre chaque fois qu'elle s'apprêtait à entonner *La petite Karin* et que moi, pauvre malheureux, je devais tourner les pages de la partition ? Je comprenais parfaitement ce que signifiait son invitation et j'appréciais sa gentillesse. Mais il y a autre chose encore : que Dieu me le pardonne, je ne supporte pas les vieux pianos, et ici il n'en existe pas d'autres, il n'y a que l'antique instrument « récemment accordé par le sacristain ». Ce coquin d'accordeur mériterait qu'on lui accorde une peine de prison pour son accordage. Ces sons-là me donnaient l'impression d'être debout sur des épingles, et lorsque nous arrivâmes enfin aux vers – bénis soient-ils – « Le tonneau hérissé de clous – Il roulait, il roulait – La pauvre Karin s'y trouvait, s'y trouvait… », leur signification me pénétra jusqu'à la moelle, comme si on m'enfonçait dans le corps des poinçons et des clous. Faut-il que je sois reconnaissant pour le supplice : je n'eus pas le temps de compatir à celui de la petite Karin – je souffrais dans ma propre chair.

Un jour, j'avais entendu Berwald – ou bien était-ce Randel[1] ? – exécuter au violon des variations de la soi-disant *Polka de l'Ondin*, et, ma foi, ce n'était pas mal. Je n'ai pas grandi avec des ondins et des tonneaux hérissés de clous, et ceci explique peut-être cela. Cependant, je ne considère pas être dépourvu de goût ni de sentiments. C'est pourquoi je pense que c'est bien chez mademoiselle Karin que quelque chose ne va pas. Elle a le droit de chanter en mineur, si ça lui chante – je n'ai rien contre ; en ce moment, en écrivant ces lignes, je fredonne moi-même la chanson du roi Henri IV, mais on ne devrait pas, en chantant, faire des grimaces ni prendre un air abattu et hideux. *Pourquoi*[2] faire la moue ? Il y a là-dedans quelque chose d'exagéré, de prétentieux, que je ne supporte pas : c'est simplement *trop* original, parbleu ! J'ai entendu les gens complimenter ces procédés ; pour moi, ils dénotent tout simplement une étroitesse d'esprit. Si mademoiselle Karin pleurait, à la bonne heure – ce serait une émotion que je respecterais ; mais lorsqu'elle saute, les pieds joints, dans cette bouillie geijeresco-arwidssonesco-afzelien[3], tout son corps se durcit, elle raidit son cou, pour ressembler de la tête aux pieds à la maîtresse femme telle qu'elle se l'imagine – alors là, je m'enfuis. Monsieur Zakrison,

1. Franz Berwald (1796-1868) et Andreas Randel (1806-1864), tous deux compositeurs et violonistes, étaient à l'époque premiers violons de l'orchestre de la Chapelle royale.

2. En français dans le texte.

3. Erik Gustaf Geijer (1783-1847), historien, poète et philosophe, Adolf Ivar Arwidsson (1791-1858), journaliste, écrivain et historien suédo-finlandais, Arvid Afzelius (1785-1871), poète et historien, tous les trois représentants du nationalisme romantique, ont publié entre autres des recueils de chansons populaires suédoises.

le vicaire, était aux anges ; il lui arrivait même de verser des larmes, et je le comprends : il y avait de quoi. Au début, avant que je m'en lasse, je l'écoutais, comme tout le monde ; le chien de l'archidiacre et moi, nous restions toujours l'un à côté de l'autre. Après chaque strophe, monsieur Zakrison venait vers moi pour me donner des renseignements sur la musique, comment elle était faite, en quoi elle – et elle seulement ! – exprimait l'essence de ce qui est suédois, la suédoisité en concentré, et pourquoi celui qui ne la ressentait pas profondément n'était pas un vrai Suédois. Alarmé, je me disais que je devrais sans tarder transférer, moyennant de bonnes lettres de change, mes futurs capitaux à Hambourg ou à Liverpool, car jamais je ne serais un Suédois dans l'acception de mademoiselle Karin et de monsieur Zakrison, aucun doute là-dessus. À la fin, alors qu'elle se trouvait au milieu du septième morceau de son répertoire, celui du chevalier *Eldbrand* (Hillebrand de son vrai nom, mais elle ne se donne jamais la peine d'aspirer le « h » – c'est probablement indigne de la vraie Suédoise qu'elle est), ils durent se rendre compte, elle et monsieur Zakrison, que mon visage habituellement si clair s'était quelque peu assombri. Elle referma le livre d'un geste de gracieux dépit, tandis que monsieur Zakrison remarquait : « Il ne faut plus tourmenter monsieur le Négociant ! Et si mademoiselle Karin chantait un air du *Sandriyon*[4] ou bien jouait au piano un morceau de la *Schass-du-Anrikatre*[5] ? » Comprends-tu l'allusion ? Pour eux, il

4. Il s'agit de *Cendrillon* (1810), opéra de Nicolas Isouard (1773-1818).

5. Il s'agit de *La Partie de chasse de Henri IV* (1764), comédie musicale de Charles Collé (1709-1783).

devait s'agir de quelque chose de très stockholmois, très moderne, très non suédois, qu'il fallait exécuter pour me faire plaisir à *moi*. « Ah non, ce n'est vraiment pas la peine, chère mademoiselle », protestai-je.

Tu connais mes rapports avec *Cendrillon*, n'est-ce pas, Henriette ? Nous n'avons jamais été bons amis. Si monsieur Zakrison avait proposé *La Muette*[6], sa pique aurait été plus fondée.

Laissant monsieur Zakrison et mademoiselle Karin déplorer entre eux mon manque de sensibilité suédoise, je voulus m'éclipser sous prétexte d'aller chercher un verre d'eau. (Il n'y a jamais d'eau dans le salon, uniquement de la bière de Noël[7] – dans un broc en bois !) Aussitôt la serviable Karin proposa de m'en apporter, mais je la priai instamment de continuer de s'occuper du chevalier *Eldbrand* – j'allais aussitôt revenir. On me laissa partir.

Par bonheur, je ne revins pas. Après avoir vidé deux verres d'eau dans ma chambre, je m'approchai de la glace, m'armai d'un peigne et arrangeai quelques belles mèches afin qu'elles tombassent du côté droit (aïe, je me trahis encore !). Pourtant, n'avais-je pas l'air tout ce qu'il y a de plus suédois ? Qu'en dis-tu, Henriette ?

Suis-je un *monstre* ? Je pensai à cet instant à ma défunte mère qui me louait pour mon cœur noble et délicat, et, crois-moi, il n'a pas changé. J'aime les femmes gentilles et gracieuses, les femmes vraies, fines et sensibles, sans ces éclats, ces lubies, ces

---

6. *La Muette* de Portici (1828), opéra de Jean-François-Esprit Auber, représenté à l'Opéra royal de Stockholm en 1838.

7. Boisson traditionnelle faite d'un mélange de porter, de bière, de limonade, de porto et de jus d'orange.

façons ennuyeuses et pesantes de mettre en avant leur originalité, tout ce que monsieur Zakrison se plaît à appeler caractère, individualité, suédoisité et autres *qualités*.

Après avoir arrangé ma chevelure et brossé mes dents, je pensai redescendre au salon. Mais le souvenir du piano m'en retint, aussi fis-je demi-tour et traversai l'antichambre pour gagner une pièce latérale.

Aucun bruit n'en parvenait. À la rigueur m'attendais-je à y trouver l'archidiacre ; et même, me dis-je, s'il est en train de fumer, cette fumée est plus facilement supportable que la fumisterie de la musique populaire.

J'entrai. Mais au lieu du maître de maison, ou bien de son épouse, je me trouvai nez à nez avec mademoiselle Hedda, la sœur aînée (je dis aînée, mais elle n'a même pas vingt ans), assise devant un meuble en noyer et plongée dans une lecture. Rien à faire, j'avançai. Elle leva les yeux de son livre. J'ignorais qu'elle avait l'habitude de lire, comme ça, au milieu de la journée ; je la complimentai donc à ce sujet ; elle me répondit avec gravité. Toutefois, elle n'avait pas l'air de vouloir m'éconduire ; au contraire, elle engagerait volontiers une conversation, semblait-il. M'approchant du secrétaire qui renfermait sa bibliothèque et dont un tiroir avait été entrouvert, je m'enquis du titre de l'ouvrage, posé sur le coin du meuble, qu'elle était en train de lire.

« Je lis… sur… la Seule Chose Utile », fit-elle d'une voix douce et un peu hésitante.

Non versé dans cette terminologie, je répétai : « La seule chose utile »…

« Oui, reprit-elle, monsieur Fabian (depuis quelques jours, elle s'était assez familiarisée avec moi pour ne plus m'appeler monsieur le Négociant, se contentant du simple monsieur Fabian), il n'y a qu'*une* chose dont nous les êtres humains ayons besoin. »

Toujours respectueux des opinions d'autrui, je ne dis rien, me contenant d'écouter.

« Ce livre, poursuivit-elle avec un soupir (qui me sembla trahir un peu de résignation et de lassitude), c'est *Le Trésor de l'âme* de Scriver[8], et celui-ci, c'est *Le Voyage du pèlerin* de Bunyan. Monsieur Fabian les connaît-il ? »

« Scriver... Bunyan... non, mademoiselle... mais je me souviens qu'enfant j'ai lu *Robinson Crusoé*...

« *Robinson Crusoé* ?... » Ces mots furent accompagnés d'un regard réprobateur, presque courroucé. Je compris que j'avais commis une bêtise énorme, impardonnable. Le maudit nom de Robinson m'avait échappé, car il avait dans mon souvenir un vague air de voyageur, lui aussi, qui s'était amalgamé à celui de Bunyan dans un de ces instants de distraction où l'on oublie l'essentiel de toute conversation : la courtoisie.

« Monsieur le Négociant ! » fit-elle d'un ton solennel (fini le « monsieur Fabian » !).

« Mademoiselle Eneqvist ! » répondis-je (car ma poitrine se serra : je sentis qu'un examen m'attendait, et je n'eus plus le courage de l'appeler Hedda).

« Monsieur le Négociant ! Il existe ici-bas quelque chose qui s'appelle la religion. Vous, les jeunes gens, railleurs pleins d'assurance, vous, maîtres de

8. Christian Scriver (1629-1693), théologien allemand ; en Suède, la traduction de son traité fit l'objet de plusieurs rééditions.

ce monde, beau mais vide, vous... vous marchez sur un volcan... un volcan d'horreur, de dépravation, de damnation... »

(Son visage, qui au début s'efforçait d'exprimer une sévérité hautaine, se penchait désormais, de plus en plus assombri, toujours plus au-dessus du tiroir entrouvert ; c'était, je crois, un mélange de colère et, surtout, de honte causées par sa situation bancale : à la fois celle de femme et de prédicatrice malhabile – à la fin, elle était prête à fondre en larmes.)

« Ma très chère mademoiselle Hedda, lui dis-je, faisant appel à ma franchise coutumière, j'ai eu une mère bonne et noble qui m'a enseigné la foi. Croyez-moi, je ne suis pas un vaurien. Certes, j'ai des faiblesses – mais doivent-elles constituer le sujet de notre conversation ? Une conversation entre deux jeunes êtres ? »

« Entre deux jeunes... Disons, monsieur Fabian, au lieu de "êtres", "êtres humains" ! Qui sont conçus et nés dans le péché, deux êtres humains voués sans doute à la damnation, monsieur le Négociant, sauf si... sauf si... » (De nouveau, une émotion secrète lui fit baisser la tête et elle se tut.)

« Ma très chère mademoiselle Hedda, et la Rédemption ? Ne sommes-nous pas sauvés ? Si je ne me trompe pas, j'ai appris... je m'en souviens... »

« Oui, fit-elle, en levant son visage qui était redevenu froid et désagréable, nous sommes sauvés. » Elle avait accentué le dernier mot, comme pour me faire comprendre qu'en réalité nous ne l'étions point. L'entretien commença à tourner à la torture, à cause de ses efforts répétés pour étouffer sa propre féminité et se montrer édifiante. Je pense que si elle avait été une jeune femme gaie et enthousiaste, si, le regard étincelant, elle m'avait exposé la sainte et vénérable doctrine, je l'aurais trouvée sinon charmante, du moins admirable. Mais elle offrait à présent un spectacle pénible : sans être laid, son visage affaissé, aux traits figés, dans le cadre raide de sa coiffure, aurait ôté l'envie d'en faire sa compagne de voyage même à Bunyan. L'air de la pièce me parut vicié ; je crus apercevoir des taches verdâtres sur les joues de la pauvre jeune fille. J'avais entendu dire que les natures authentiquement religieuses possèdent le don de la parole convaincante ; mademoiselle Hedda, au contraire, s'étranglait à chaque phrase – le contraire de l'inspiration. Elle cherchait à me convertir, je le comprenais, mais sa méthode n'était pas efficace. Je ne savais pas comment y mettre fin, même les chansons populaires me parurent soudain désirables. Je fis quelques pas vers la sortie.

« Tout vient de ce que…, reprit-elle après un instant de silence, que… que nous ne sommes pas des êtres régénérés, monsieur le Négociant ! »

« Oui, oui, tout à fait, répondis-je. Mais, ma chère mademoiselle Eneqvist, dans le salon on est en train de faire de la musique et de chanter – c'est dommage que Mademoiselle reste seule ici –, venez avec moi ! »

Elle rangea ses livres et referma le tiroir. Dieu sait si, en son for intérieur, elle n'était pas aussi contente que moi de quitter cette pièce. À notre arrivée dans le salon, nous trouvâmes monsieur Zakrison et mademoiselle Karin toujours près du piano. Monsieur Zakrison tenait à la main son grand mouchoir blanc de dimanche. Il n'était pas exclu qu'il vînt de se moucher, mais je pense plutôt qu'il ne fit que s'essuyer les yeux, car j'avais remarqué que pour se moucher il se contentait d'un mouchoir ordinaire à carreaux bleus, la grande étoffe blanche étant réservée à des usages plus nobles.

Ma bonne Henriette, alors, que penses-tu de ce Grönhamn ? Pour ma part, je suis ravi que les réjouissances de Noël soient bientôt terminées. Néanmoins, je garde l'espoir de réaliser mes projets, plus exactement ceux de Papa. Dans une des propriétés voisines, à Ullsättra, il y a une jeune fille charmante, sans minauderies ; j'ai fait sa connaissance hier, et nous sommes invités chez elle demain.

Merci pour ta lettre et le récit des succès mondains de la charmante Anglaise. Je souhaite que toi aussi, Henriette, tu fasses preuve d'un peu plus de vanité et que dans tes prochaines missives tu me parles de toi, en premier lieu. Je te l'avais déjà dit, mais tu ne m'écoutes pas. Tu es *trop* gentille – ne l'oublie pas ! Et crois-moi, je m'y connais mieux que toi dans ces matières.

Bonne nuit, ma chère Henriette ! J'aurais voulu te demander de m'envoyer mon cachet professionnel, mais dans ce misérable Grönhamn il n'y a même pas de livraison de colis postaux.

F.

Onzième lettre

J'ai reçu ta lettre, Fabian, et je me réjouis de voir que tu n'y fais des louanges de ta personne qu'à cinq occasions. Que malgré cela il n'y soit question que de ta propre personne est naturel et excusable. Pauvres habitantes de Grönhamn ! Je ne suis donc plus obligée de choisir à ta place entre Hedda et Karin, puisque tu as laissé tomber l'une et l'autre, pour te rendre à l'attrayante Ullsättra.

Mais je reviens à notre chronique stockholmoise, et, que tu le veuilles ou non, je vais t'entretenir encore un peu au sujet d'Araminta. Si tu étais une femme et un être capable de réfléchir, je t'aurais parlé de la façon qu'a miss May de s'acquitter des mille petites tâches ménagères qu'elle partage ici avec moi. Figure-toi, elle est l'ordre personnifié, quoique sans la moindre pédanterie, de sorte qu'au début on risque même de prendre sa nonchalance pour de la négligence, non dépourvue cependant d'agrément et de charme. Non, elle n'est ni mesquine ni pédante, et néanmoins, aucun gaspillage sous sa gouvernance... Mais qu'est-ce que je te raconte ? Suis-je en train de faire une lettre de recommandation pour une demoiselle Varg[1] qui aurait besoin d'une gouvernante ?

1. Allusion à Christina (« Kajsa ») Varg, auteure d'un célèbre livre de cuisine.

Une bonne nouvelle, Fabian, devine laquelle ! En passant l'autre jour par la rue Clara-Bergsgränd, Papa vit les nouveaux traîneaux de monsieur Dufvander, exposés devant l'entrée. La première conséquence en fut un superbe équipage, flambant neuf, acheté pour nous ; et la seconde, une partie en traîneau !

Il faut que tu saches, Fabian, qu'Araminta nous avait accompagnés au souper chez le père du Galérien, dont elle trouva l'ambiance ennuyeuse, et au dîner chez la mère du Rival (une veuve fort gentille), qui ne lui parut guère plus amusant. Ce fut donc le cœur léger, libre de tout engagement, qu'elle prit part à notre escapade en traîneau.

Peau de tigre, Fabian ! S'installer sous une couverture en peau de tigre, tachetée et chatoyante, aux côtés de… de celui qui conduit ! Être assise dans un traîneau laqué tout neuf, tiré par deux chevaux à la peau luisante, au cou galbé et à la crinière blonde, le tout recouvert d'un filet de traîneau, blanc et soyeux – et par-dessus le marché un souple fouet tressé à l'anglaise que tient dans sa main… celui qui conduit.

Ce cadre charmant fut avant-hier celui d'Araminta. Les traîneaux – quatorze en tout, formant un long cortège – quittèrent la ville par la porte nord, glissant sur une neige immaculée qui venait de tomber. Araminta portait un manteau en gros de Naples, celui qui lui va si bien… Ah, mais c'est vrai, Fabian, tu n'as jamais vu ni Araminta ni son manteau.

À ses côtés se trouvait monsieur Cohl, venu pour rendre visite à Papa, dont, si j'ai bien compris, il va être représentant à Riga, ou alors il a sa propre maison de commerce. Quoi qu'il en soit, c'est un homme qui sait se conduire – et qui conduit les chevaux comme un dieu.

Jamais je n'avais vu Araminta de meilleure humeur que pendant cette partie de traîneau. Je ne vais pas t'ennuyer en énumérant tous nos amusements, ni en te décrivant – en gros ou en détail – ceux qui y prirent part. Nous passâmes devant Stallmästargården et descendîmes sur la glace du Brunnsviken gelé, laissâmes de côté le château de Haga et continuâmes en direction d'Ulriksdal. Sur les rives, de jolis bosquets défilaient. Le feuillage ne gênait plus la vue, et chaque branche dépouillée se dessinait nette et gracieuse, parée de milliers de minuscules cristaux de neige et de glace, scintillant comme autant de diamants ! Les rayons du soleil illuminaient ces pierres précieuses, ces magnifiques lustres suspendus au plafond d'une salle immense. Pendant le trajet, Araminta échangea moins de propos avec le conducteur du traîneau que ce que ce dernier aurait souhaité, comme il le lui avoua sans ambages. « Vous êtes si silencieuse, miss May », fit-il, en effleurant avec les rênes le filet qui recouvrait le traîneau. « Voilà une belle journée d'hiver », répondit-elle.

Sa réponse fut brève, mais pas coupante, et l'affable cocher se crut autorisé de poursuivre la conversation. Il lui parla de l'Angleterre, mais elle ne montra guère d'intérêt pour le sujet, car (comme je te l'ai déjà dit) elle est née en Suède et malgré son nom n'a jamais mis le pied sur le sol anglais. Il changea alors de conversation et lui parla d'elle-même, en ces termes rebattus qu'affectionnent les hommes. Elle avait de belles mains, une belle voix, de beaux yeux, une belle bouche... Tout cela était vrai, mais écouter ce catalogue n'avait rien d'amusant. C'est même offensant pour une femme de se trouver ainsi comme exposée au marché de Hötorget pour y être examinée, prisée ou critiquée, achetée ou rejetée.

Araminta le fit sentir à son compagnon par une pique ou un silence froid, et il dut chercher un meilleur sujet d'entretien, car il leur restait encore une partie du Brunnsviken à traverser. Il s'efforça donc de trouver d'autres sujets, mais ils tournaient tous, inévitablement, autour de la personne d'Araminta. Il la questionna, comme en passant, sur son père, la fortune de celui-ci, ses propriétés notamment, pour savoir où il avait placé son capital, car de nos jours on doit faire très attention lorsqu'on accorde des prêts, etc. Pour la pauvre fille, cela ressemblait à un interrogatoire censé lui fournir des renseignements sur les dépenses inévitables au cas où il aborderait une éventuelle alliance. Malgré ses façons détournées de s'exprimer, elle se sentit humiliée. Mais le traîneau était si beau, les chevaux, joyeux et agiles, couraient si bien qu'elle conserva sa bonne humeur.

On rejoignit la terre ferme à Järva. À l'endroit où le chemin quitta la glace du lac se tenait un mendiant en guenilles, qui s'inclinait profondément devant chaque traîneau qui passait, mais personne n'y faisait attention. Seule Araminta jeta au bonhomme un regard amical et laissa tomber sur la neige une pièce d'argent. Elle avait espéré que son petit geste de bienfaisance resterait inaperçu, mais son compagnon avait remarqué le mouvement de sa main et dit avec une mine ignoble : « Je ne comprends pas que la police laisse ces individus importuner les gens où bon leur semble. N'y a-t-il pas d'hospice pour cette engeance ? Sinon, on ne pourra plus faire un pas sans tomber dessus ! »

« Y compris lorsqu'on voyage en traîneau ! » faillit s'écrier Araminta. Mais elle se retint et, avec un mélange de mépris et de dégoût, elle se blottit encore davantage dans son coin, songeant à quoi ressemblerait sa vie aux côtés d'un homme qui d'abord, à force de mendier, aurait réussi à accaparer sa fortune - si elle en avait eu une -, et qui ensuite avec une morgue brutale écraserait de son pied la nuque de tout autre « mendiant », que dis-je, de toute autre personne, en commençant par elle-même.

Heureusement, il avait été convenu que, une fois arrivés à Ulriksdal, on ferait une halte pour se dégourdir les jambes, puis on changerait de partenaire pour le voyage de retour. Le cocher d'Araminta, qui malgré sa ruse n'avait pas réussi à savoir tout ce qu'il voulait et espérait peut-être avoir plus de chance auprès d'une autre, la pria instamment de lui permettre de prendre congé d'elle à Ulriksdal. Il perdit le sens de la mesure à un point tel qu'en soulevant son chapeau il eut les larmes aux yeux et voulut saisir sa main, mais dut reculer, embarrassé, en la voyant saluée par le nouveau compagnon de voyage.

Celui-ci conduisait un traîneau de course, ce qui l'obligeait à rester derrière et à ne voir sa belle compagne que de dos. Ceci dit, une dame peut bien se retourner gracieusement et parler par-dessus son épaule, n'est-ce pas ? Araminta entreprit de le faire durant le trajet de retour, et cela lui réussit à merveille. Du reste, son nouvel interlocuteur ne pouvait guère tâter le terrain au sujet de sa fortune, sa condition, etc., car c'était un cadet, et ces messieurs-là ne sont pas encore en âge de demander les femmes en mariage. Ce fut donc un voyage agréable : Araminta accueillait de bonne grâce les propos que lui adressait le beau jeune homme, assis sur le siège de derrière ou debout sur le patin, et lui répondait du tac au tac. Les autres la voyaient tourner la tête, tantôt à droite, tantôt à gauche, de sorte que son long voile de crêpe blanc volait au vent, découvrant son visage davantage que ce qui était raisonnable par ce froid hivernal. Le cadet était un gamin de dix-sept ans, avec un *III* en chiffres romains marqué sur une de ses épaulettes, signifiant qu'il était en troisième année. Autrement dit, c'était un écolier, et avec un écolier on peut aborder un tas de sujets bien plus plaisamment qu'en conversant avec un adulte.

Araminta trouvait fort amusant d'observer ses simagrées et ses façons nonchalantes, en particulier lorsqu'il tapait avec son talon sur l'un des patins, comme cela lui arrivait souvent, un bruit qui se mêlait aux sons des grelots. Elle se plaisait à écouter ses propos qui trahissaient ses efforts pour se montrer un vrai chevalier, la divertir, attirer son regard et gagner quelques mots gentils en retour. De tels propos, proférés par un adulte, lorsqu'ils tombent à plat, produisent un effet fort pénible, mais dans la bouche candide d'un jouvenceau, dont la moustache n'a pas encore poussé et les favoris n'ont pas encore été taillés, même les gaffes ont un autre caractère. Avec ses vingt-deux ans, Araminta (n'est-ce pas drôle, Fabian ? J'ai appris qu'elle a presque le même âge que moi !), donc avec ses vingt-deux ans, Araminta considérait qu'avec un chenapan de dix-sept ans elle pouvait se permettre des remarques malicieuses sur des sujets tels que le cœur, la passion, l'avenir, le joli manche de sa cravache, les plaisirs de la vie à la campagne, les galoches de caoutchouc, l'affaire Högqvist & Bloomfield[2], les agréments de Haga[3], les limonières de chez Dufvander, ainsi que la douce *amitié*, sujet de prédilection de son écolier qui épiloguait là-dessus avec une franchise et une ardeur juvéniles, de sorte que durant le trajet tous ces thèmes s'entremêlaient dans le plus grand désordre.

Lorsque le long cortège arriva enfin devant la demeure de mon père, ici près de Skeppsbron, et que tout le monde fut descendu des traîneaux, les connaissances fraîchement liées durent être entretenues pendant qu'on montait au salon, et les conversations entamées continuèrent de plus belle. Mais, à la vue d'une magnifique table, déjà dressée, ces liens se défirent aussitôt. Le cœur céda la place à l'estomac, la bouche se substitua au cerveau. Certes, nul n'était assez mal élevé pour interrompre brutalement la conversation. Mais peu à peu la courtoisie s'estompa. Le compagnon d'Araminta fut le plus franc de tous : il la planta là, sans ambages, alla vers la table, mangea et but, muet comme un mur, ne montrant plus aucune velléité de jouer le rôle de chevalier servant.

Ainsi se termina la journée.

Fabian ! Tu me reproches constamment de ne pas respecter notre accord en évitant de te parler de moi. Mais ma personne le mérite-t-elle vraiment ? Nous

2. Allusion à une liaison qui défraya la chronique mondaine de l'époque entre Émilie Högqvist et John Douglas Bloomfield, diplomate anglais en poste à Stockholm.

3. Haga, un parc à l'anglaise de plus de cent hectares, créé sous l'impulsion de Gustave III, est situé dans la proche banlieue de Stockholm.

lisons beaucoup, Araminta et moi, quand les divertissements et le travail de tapisserie nous laissent du temps. C'est mon passe-temps favori : lire à haute voix en sa compagnie. Souvent, nous le faisons après nous être couchées. Comme en ce moment – à la lumière d'une lampe...

Cher ami, veille à ce que ta prochaine lettre contienne davantage que jusqu'ici : fais-moi connaître ne serait-ce que les initiales de ta fiancée.

Henriette

Douzième lettre

J'avoue avoir été injuste à l'égard des gens, Henriette, et pourtant je ne puis que persévérer dans cette injustice. Mais ne devançons pas les événements.

Je me rendis donc à la belle Ullsättra, domicile de la jeune fille que j'ai mentionnée dans ma précédente lettre et dont je souhaitais me rapprocher depuis que j'ai perdu intérêt pour les habitantes du presbytère. C'est une famille de fonctionnaires, des gens aisés et avenants. À mon arrivée, je frémis à la vue d'un long clavicorde blanc, mais comme personne ne semblait avoir l'intention de l'ouvrir, je poussai un soupir de soulagement. Dans sa robe d'intérieur, la fille de mes hôtes me sembla *propre* et bien élevée, et Madame sa maman tout à fait correcte. Le père, quant à lui, évoqua, certes, la mauvaise influence du froid sur le seigle, mais eut la gentillesse à mon égard de ne parler que deux fois de son *engrais animal*, une prévenance dont je lui suis très reconnaissant.

Il n'empêche : c'est pénible de sentir que dans cette contrée, où que j'aille, tout le monde me traite comme un être exceptionnel et un prodige. Est-ce monsieur Zakrison qui a imaginé que je suis venu pour me trouver une épouse et l'a fait croire à tout le monde ? Le fait demeure : dès que j'arrive, partout les gens se présentent à moi comme sur un plateau. Tu protesteras encore, Henriette, que je suis quelqu'un d'insupportable, un personnage infatué qui imagine être entouré d'admirateurs, ou plutôt d'admiratrices, qui n'aspirent qu'à devenir sa compagne pour la vie. Mais bon sang, chère amie, on ne peut être que celui qu'on est, et je ne puis m'empêcher de reconnaître que je suis quelqu'un de bien et que les gens me recherchent – ce qui m'ennuie au plus haut point.

J'omets nos deux premières visites à Ullsättra, qui ne firent qu'initier les relations. Je finis par m'y sentir bien à l'aise et même par accepter une partie de cartes. En un mot, ici, il n'y a ni chansons populaires ni trésors spirituels, on échappe même à la fumée de tabac. Toutefois, Madame m'a agacé par son usage immodéré de l'eau de Cologne, probablement une allusion à Sa Majesté[1]. Elle ignore que l'eau de Cologne est inestimable quand elle est de bonne qualité, tandis que la sienne a une odeur... ah, Dieu m'en préserve. Elle doit venir de quelque Farina de Södermalm[2], un pauvre diable qui ignore tout de son métier.

Enfin, venons-en à Margrete – hé oui, nous y voilà, car c'est le prénom de la demoiselle, cette gentille jeune fille que je devais aborder. Grands dieux, me suis-je trahi ? Voyons : s'il était question de me lier avec une ménagère, pardon, je voulais dire une gouvernante, jamais je ne trouverais mieux. Je l'ai bien

---

1. Selon les témoignages de l'époque, le roi Charles XIV Jean (Jean-Baptiste Bernadotte, 1763-1844) ne supportait pas l'odeur de tabac et avait coutume d'asperger ses visiteurs, fumeurs et non fumeurs, d'eau de Cologne, dont il avait toujours un flacon sur son bureau.
2. Farina est le nom d'un fabricant d'eau de Cologne à Cologne ; Södermalm était à l'époque un quartier pauvre et malfamé de Stockholm.

vu, et elle-même n'épargna rien pour me le faire voir. Je suis, je l'avoue, assez nigaud pour prendre plaisir à une table bien mise, un plat bien préparé, du concombre bien mariné, une sauce fine – mais uniquement cela ? Non, *aimable Marguerite*[3], je prends la tangente !

Ma femme devra être capable d'autre chose que de s'occuper des marmites. Cette Margrete m'avait d'abord froissé par ses remarques railleuses sur la musique et la lecture des romans, qui visaient sans doute Karin du presbytère, car elle avait dû comprendre que la pauvre fille ne jouissait pas de mon estime. Ce qu'en revanche elle n'avait pas compris, c'est que je souhaitais me réserver cette réprobation et je ne supportais pas que quelqu'un d'autre – une personne qui n'avait pas la moindre idée de ce à quoi peuvent servir les touches d'un piano – vienne me rebattre les oreilles avec ses critiques… Pouah ! Et puis, rien n'est plus désagréable qu'une femme qui n'hésite pas à dénigrer une autre femme. En conséquence de quoi, les valeurs de Karin et de son pauvre chant augmentaient à mesure que Margrete lui décochait ses flèches.

Elle devait croire que moi, un vrai homme, un homme d'affaires, un « grossiste » (le terme favori de Madame), je n'avais dans la vie d'autres intérêts que pécuniaires. Elle me soumit à un interrogatoire sur les prix des denrées à Stockholm, et pour chaque exemple que je piochais dans ma mémoire, elle tenait toujours prête une remarque avisée, qu'on pouvait l'avoir pour « moins cher » si l'on faisait ceci ou cela. « Par exemple », si l'on faisait ses propres biscottes

3. En français dans le texte.

chez un parent à la campagne (par exemple, chez la belle-mère) pour les consommer dans la capitale; si l'on achetait ses pommes de terre directement auprès du producteur (sous-entendu: chez le beau-père) et pas au marché, auprès des paysans; si l'on faisait moudre sa farine dans un bon moulin (le commissaire disposait d'un à Ullsättra) plutôt que de l'acheter à Järntorget[4] auprès des marchands de Vingåker (qu'elle prononçait «Vingoguer») – quelles économies ne pourrait-on pas faire! Et avec quelle entrain mademoiselle Margrete n'en parlait-elle pas, et quelle chaleureuse approbation ne recevait-elle pas de Madame sa mère!

Même mon cher Papa aurait reculé devant la fumée qu'exhalait cette économie. Pas un seul propos élevé, pas un souffle rafraîchissant de beauté ou de vie.

Ah, comme il me tarde de revenir à Stockholm! Tout à l'heure, j'embrassai mon agenda en y découvrant que le 1er février arrive jeudi prochain – c'est la date fixée pour mon retour!

À présent, Jetty, après avoir fini cette lettre et ôté ma veste, j'y ajoute encore quelques lignes, avant de me déshabiller complètement et de me mettre au lit. Ainsi donc, les projets de mon père viennent tous de partir en fumée!

En la voyant pour la première fois, je crus que cette Margrete d'Ullsättra était une fille bien. Je ne savais pas encore que pour elle la choucroute «à l'épine-vinette» était plus importante que le chou, et que le chou l'était davantage que l'Europe

4. Järntorget est une place dans la vieille ville de Stockholm, qui pendant longtemps a abrité des stocks de grains, un lieu de commerce important de la capitale.

et l'Amérique prises ensemble. Pour couronner le tout, monsieur Zakrison, qui passa tout à l'heure me souhaiter bonne nuit, m'apprit que les dames d'Ullsättra n'étaient même pas de bonnes ménagères. « Quoi ?! Nom d'une pipe, c'est le comble ! Elles ne sont pas... – Hé non, m'assura-t-il. Elles prennent chaque chose tellement au sérieux que rien ne leur réussit, et le commissaire du roi aurait bien besoin d'un gendre fortuné. – Ah bon, c'est comme ça ? » Là-dessus, je retirai mes bottes, monsieur Zakrison s'inclina et me laissa seul.

À bien y réfléchir, parmi toutes les filles que je rencontrai à Grönhamn, Karin est la meilleure. Pourquoi son chant m'est-il alors aussi insupportable ? Suis-je un sauvage, un ennemi de la musique ? Non, pas plus que je ne suis un ennemi de la religion – et pourtant je ne supporte pas non plus sa sœur Hedda. Du diable si j'y comprends quelque chose !

Je sais apprécier un bon repas, et pourtant, contre toute attente, mademoiselle Margrete ne tarda pas à m'inspirer de l'aversion.

Aussi sur le bord du lit, je fais mes comptes à mon propre sujet. Henriette, je ne suis pas maître de mes sympathies et mes répulsions. Toi qui me reproches sans cesse ma fatuité, dis, suis-je en train de me flatter ?

Je voudrais avoir une vie heureuse et voir un ciel au-dessus de ma tête – j'ai beau n'être qu'un commerçant, j'ai besoin d'un ciel. Mais je ne veux pas qu'il en émane des odeurs qu'on sent à dix lieues à la ronde. Ah, si seulement Karin était moins patriote ! Si seulement elle chantait ses polonaises et ses airs comme quelque chose de sublime, de naïf et de beau

– ce qu'ils sont en réalité –, sans les assaisonner de l'authentique esprit suédois, sans ces irritants plis au coin de la bouche ! Elle ne perdrait rien de sa suédoisité. Moi aussi, je tiens beaucoup à ce qui est suédois – je crois même que c'est ma qualité principale, à condition que cela ne devienne pas un nœud coulant sur ma gorge, que ça ne se transforme pas en un sceau sur les ficelles d'un colis.

Et maintenant, Henriette, laissant là tout cet amphigouri, je vais me coucher. Je sais que tu es mon adversaire principal, tu l'a toujours été, m'accusant de tout critiquer, tout en interdisant aux autres d'émettre la moindre critique, comme si j'en avais le monopole. La différence entre nous, Henriette, tient à ce que moi je suis franc, tandis que toi...

P.S. Avant de plier cette lettre, j'ai voulu la relire, et je me suis rendu compte que je m'y revendiquais être un homme franc – alors cela exige que je te révèle une pensée qui me travaille en secret, mais vraiment en secret, tout le temps depuis la lecture de tes lettres... Miss May... mais ne lui en parle pas, tu m'entends !

Ton Fabian somnolent

P.S. Je pars jeudi, et pour rien au monde je ne veux revoir cet endroit. Pauvre Grönhamn ! Pauvre Hedda ! Pauvre Karin ! Et on peut même ajouter : pauvre Margrete ! Je vous ai fait du tort, à vous, personnes braves et gentilles, qui ne m'avez fait aucun mal. Peut-on exiger de vous d'être meilleures que vous n'êtes ? N'avez-vous pas fait tout pour me divertir, pour plaire à un type vaniteux, imbu de sa personne – car je le suis, sûr et certain, et c'est du joli !

Henriette, ne vois-tu donc personne à part cette Araminta ? Quel être sublime – tu ne m'en as indiqué que quelques traits, mais je n'ai aucune peine à dessiner son portrait. Par certains côtés (pas seulement par l'âge) vous vous ressemblez – mais j'aimerais qu'elle chérisse la sincérité davantage que toi, car tu en manques.

Ah, si je pouvais recevoir encore une lettre de toi pour me requinquer avant mon départ ! Mais tiens ! n'est-ce pas le garçon de la poste qui arrive avec le courrier ? Viens ici, mon ami, est-ce une lettre de Stockholm ? Oui ! Viens que je puisse voir l'expéditeur – c'est bien ça ! Ton écriture ! Dieu soit loué... mais je vais quand même plier et envoyer ma triste missive, elle arrivera à la maison comme un avant-coureur. Voilà, adieu, hop là ! dans le sac du postier ! Maintenant, je romps le cachet et lis ta missive...

Treizième lettre

Fabian !

Puisque tu as déjà dû achever ta mission au milieu des charmes campagnards et faire ton choix, une lettre venant de la capitale ne peut t'être qu'indifférente. L'amie de ton enfance, Jetty, reste la plupart du temps à la maison. Je n'ai rien à te raconter, Fabian, les fêtes sont terminées ; nos occupations n'ont pas d'intérêt pour toi, et nos divertissements – quand ils ont lieu, de plus en plus rarement ces derniers temps –, *nos* divertissements te laissent de glace.

Araminta May est une jeune fille bien plus sérieuse que ce que je croyais au début. La gracieuse vivacité qu'on lui connaît lorsqu'elle se trouve parmi les gens n'est pas du tout – je le vois de plus en plus clairement – sa vraie nature ni sa vraie façon d'être. Lorsqu'elle est seule ou bien en ma compagnie, il lui arrive de prendre un air songeur qui parfois m'effraie. Mais avec l'aide du Seigneur, cela lui passera. Selon certains, Araminta est une nature élevée, poétique et même romantique, quoiqu'elle ne l'affiche pas.

Dans tes lettres, tu parles souvent de personnalité et de caractère, choses que je ne comprends guère. Araminta est sans doute dépourvue de ces qualités capitales, telles que tu les décris, si l'on ne les trouve que chez les femmes belles et aimables de Grönhamn.

Miss May est-elle charmante ? est-elle séduisante ? Je ne le jurerais pas, même si certains l'affirment. Mais c'est sans doute dans l'intention de la flatter, et je n'y attache pas d'importance. Je ne l'ai jamais vue faire un effort de séduction. Elle ne s'éclipse pas, il est vrai, elle n'est pas timide, elle ne fuit pas les hommes. Je ne l'ai jamais vue rechercher les faveurs de quelqu'un, mais c'est une nature franche qui n'hésite pas, parfois, à ouvrir son cœur à une amie.

Qu'y a-t-il donc chez elle qui expliquerait que tant de gens recherchent sa compagnie ! Que voient-ils en cette jeune fille ? Elle n'a rien de spécial, elle ne se soucie même pas de reconduire ses soupirants, comme le font la plupart des femmes pour conserver leurs conquêtes. Araminta n'a cure des conquêtes, et cela explique peut-être le respect qu'elle m'inspire.

Quant aux soupirants, tu me demanderas peut-être si elle-même est attirée par quelqu'un. Pas que je sache.

Araminta n'a-t-elle donc aucun défaut ? N'en parlons pas, Fabian, je ne veux pas aborder ce sujet. Si je m'exprimais là-dessus en toute franchise, tu me reprocherais d'être jalouse à l'égard d'une femme – alors, permets-moi de ne rien dire. Mais je t'assure : je n'envie pas Araminta.

Je connais ses défauts, je connais une certaine faiblesse chez cette jeune personne. En quoi consiste-t-elle ? Peu t'importe, Fabian, de toute manière, les habitants de Stockholm te sont indifférents, à l'exception de ton cher père, auquel on pardonne le fait d'être un Stockholmois parce qu'il possède un hôtel particulier près de Skeppsbron. Porte-toi bien, Fabian !

Ta H.

Dernière scène
Stockholm

Fabian. Eh bien, Henriette, je viens vous saluer, mon père et toi. Ah, je respire, je suis chez moi, à la maison ! Conduis-moi à présent devant l'inconnue – je veux quand même voir Araminta May.

Henriette. Impossible, monsieur Fabian.

Fabian. Tu plaisantes ? Que crains-tu ?

Henriette. Je crains qu'il ne te vienne une mauvaise idée de réaliser le projet de ton père ici à Stockholm et pas à la campagne.

Fabian. Que veut dire cela ?

Henriette. Devine !

Fabian. Tu ris ! Avec miss Araminta ? Et alors ? J'y ai déjà songé.

Henriette. Songé ? Sans l'avoir vue ?

Fabian. C'est justement pourquoi je veux la voir.

Henriette. Et où veux-tu aller ?

Fabian. Bah, là où elle se trouve. Dans ton petit boudoir, je présume.

Henriette. Elle n'y est pas.

Fabian. Dans le salon vert ?

Henriette. Pas davantage.

Fabian. Dans la salle à manger ?

Henriette. Encore moins.

Fabian. Tu m'as pourtant dit qu'elle n'est pas sortie ? Que dois-je penser ? Ne serait-elle pas – cette pensée m'avait déjà effleuré – un être qui n'existe pas, une créature imaginaire que tu aurais inventée pour me divertir ? Tu souris ? Araminta May serait-elle un personnage qui n'a jamais existé ? pas plus que le bal à la Bourse ? que la partie de traîneau ? que le cadet ?

Henriette. Au contraire – tout ce que j'ai décrit dans mes lettres a eu lieu, tout !

Fabian. Mais dans ce cas… Au nom de Dieu, ne m'empêche pas d'aller saluer miss May.

Henriette. Tu connais le souhait de ton père qui veut à tout prix avoir une bru née à la campagne. Il te l'a dit : pas de Stockholmoise !

Fabian. Je n'ai cure des idées de mon père sur ce sujet ! Je suis majeur et je peux me mettre à mon compte à tout moment. Que ma chère maman fût née à la campagne, soit, mais cela n'empêche pas que ma… ma… Seigneur, je ne sais même pas si cette mystérieuse inconnue, qui m'attire avec une force irrésistible, voudrait de moi. Quoi qu'il en soit, je voulais simplement dire que mon épouse peut très bien être originaire de Stockholm, même si ma mère était portée sur le registre paroissial de Sorunda ! Mais quels mots insensés, stupides ! Après tout, miss Araminta n'est pas une Stockholmoise, si j'ai bien compris. Dans tes lettres, tu disais qu'elle est native de la Westrogothie… Ou était-ce l'Ostrogothie ? Si c'est le cas, cela conviendra à merveille aussi bien à mon père qu'à moi-même.

Henriette. Hum… là, j'ai commis une petite erreur : la pauvre fille n'a jamais mis les pieds dans aucun de ces comtés…

Fabian. Eh bien, tant… *Drôlerie sans égale*[1] ! Mais son père anglais qui résiderait à Motala ? Ou était-ce

1. En français dans le texte.

Forsvik ? J'ai à présent des doutes sur son existence... Henriette ! sais-tu...

Henriette. Je ne sais rien.

Fabian. Alors moi, je sais : cette Araminta n'a jamais existé ! Henriette, à quoi joues-tu ? Elle n'existe pas ! Elle n'existe pas – *en tant qu'Araminta* ! Et toi, Henriette, affirmer que tu passais tes soirées à lire en sa compagnie, qu'elle était à tes côtés...

Henriette. Ma seule et unique compagnie – c'est vrai, Fabian.

Fabian. Henriette, sois franche, comme moi ! Araminta n'est personne d'autre que...

Henriette. ... qu'une Stockholmoise.

Fabian. Eh bien, je tiendrai ma parole : je réaliserai le projet de mon père *ici*, dans la capitale, quoi qu'il dise. Ne ris pas ! Cette main, je ne la lâcherai pas...

Henriette. Chut ! Chut !

Fabian. Mais non, il n'y a personne, tout est silencieux, on dirait une nuit douce et sacrée. Un mot seulement ! Dis-moi maintenant, en bon Suédois – ma bonne, ma gentille Henriette –, comment pouvais-tu m'écrire que tu lisais en compagnie de cette jeune fille ? *Elle* et *toi*, si charmantes...

Henriette. Charmantes ? Ai-je dit cela ? Non !

Fabian. C'est moi qui le dis – ainsi, ton unique compagnie, c'était toi-même ?

Henriette. Oui, et nulle autre.

Fabian. Gagné ! J'ai réussi à te le faire dire ! Ainsi, du début jusqu'à la fin, Araminta May n'a été qu'Henriette ? Formidable !

Henriette. Ah non – déplorable !

Fabian. Henriette qui fut invitée à la Bourse ! qui accepta cette affreuse partie de cartes ! qui joua des tours au Galérien, au Rival et au colonel ! – Dieu miséricorde, c'est donc cela qui s'appelle « ne pas parler de soi-même » ? Cette coquetterie dépasse l'entendement !

Henriette. Si tu lâches ma main, je te répondrai.

Fabian. Je ne la lâcherai pas, jamais. Regarde-moi dans les yeux – comment pouvais-tu m'écrire de la sorte ? Est-ce cela, la franchise ?

Henriette. Une jeune fille peut-elle... doit-elle être franche ?

Fabian. Tu es le fantôme le plus ingénieux que je connaisse. Me reprocher continuellement ce que toi-même tu étais en train de faire ! Henriette, à une condition je serai ton...

Henriette. Fa...

Fabian. ... à la condition que tu ne cesses jamais d'être celle que jusqu'à présent tu t'efforçais d'être d'une façon audacieuse, mais si charmante : une exquise menteuse.

Henriette. Mais... Fab... oh !

Fabian. Une exquise – permets-moi le mot – *coquette.*

Henriette. Dis donc !

Fabian. Devant les fardeaux de la vie, inévitables, tu me feras croire qu'il s'agit de bagatelles, affirmant que la lourdeur ne pèse pas lourd. Un mensonge, n'est-ce pas ? Mais ainsi va le monde. Lorsqu'il y aura trop de bruit et d'allégresse autour de nous, tu me persuaderas que cette liesse cache un chagrin – et la bonne mesure sera rétablie. Henriette ! Qui pourrait supporter les ténèbres nocturnes sans le petit mensonge nous permettant d'apercevoir quelques étincelles de lumière autour des étoiles ? Et comment soutenir la violente lumière du jour sans s'envelopper de quelque ombre bienfaisante ? D'ailleurs, l'*ombre*... existe-t-il quelque chose de plus mystérieux, insaisissable ? Elle n'est rien, mais elle existe. Elle est, me semble-t-il, la « coquetterie » du monde, mais qui possède sa propre réalité. Mais ce serait injuste d'appeler cela mensonge. Telle que tu as été, telle que tu es, Henriette, avec ta façon d'agir et d'écrire, tu m'enseignes la vérité – la meilleure et la plus haute vérité de l'existence.

Henriette. Je ne comprends pas, Fabian.

Fabian. Ma pure, ma douce, ma charmante, ma... – permets-moi de le redire : coquette –, qu'importe – je te parle en toute franchise : cette vérité nue, brutale est pour moi le mensonge le plus grossier. Et cette franchise... *absolue*, bien sûr ! Qui aurait supporté qu'elle ne le soit pas ? Or une vraie franchise, acclamée, totale, jusqu'au bout des ongles, dans chaque geste, chaque regard... hum, ce n'est pas aussi agréable qu'on le prétend : d'être étouffé vivant. Non, tais-toi, Henriette, laisse-moi terminer ! Il me reste à prononcer un seul petit mot, insignifiant. Quand le cœur s'enveloppe d'un léger voile... – tu tiens ce déguisement pour une trahison, je présume ?... – pareil à un frimas... un rideau de soie blanche de mailles scintillantes... mais qu'à l'intérieur se trouve un cœur si fidèle, si vertueux, si pur, si chaud, si... oh ! je connais Henriette depuis l'époque de la petite Jetty et aujourd'hui elle est à moi.

*

Table

CHEZ LE MÊME ÉDITEUR

Alice Bellony-Rewald, *Le secret de Dina, l'égérie de Maillol*, 2018
Elena Balzamo, *Triangle isocèle*, 2019
Francis Stevens, *Le Coffret des abîmes*, 2019
Ivan Nilsen, *Les Carnets de Salonique*, 2020
Elena Balzamo, *Décalcomanies*, 2020
Stina Stoor, *Sois sage, bordel!*, 2021
Francis Stevens, *La Citadelle de la peur*, 2021

Conception graphique : Laurent Bramardi
Composition : Soft Office

Achevé d'imprimer en octobre 2021
par CPI (France)
Dépôt légal : novembre 2021
N° d'impression : 165721